国文科へ行こう！

―読む体験入学―

編著　上野誠

著　神野藤昭夫
半沢幹一
山崎眞紀子

明治書院

目次

オリエンテーション

国文科なんかに進学しない方がいいよ！——上野　誠

『国文科へ行こう！』という題名のついたこの本を手に取って読もうという人は、

①国文学科に進学したいと思う人
②国文学科に在籍したことのある人
③国文学に関心のある人

のうちのどれかに当たるのではないか。また、本書を出版する明治書院は、日本を代表する国文学・漢文学の老舗出版社なので、この本を読んで、多くの人びとが国文学科へ進学し（①）、多くの人びとが国文学に関心を持ってほしい（③）と考えて、本書は企画されたはずである。そして、本書の編者である私は、奈良大学文学部国文学科の教員の一人なので、国文学科に学生が集まらないと失業する恐れがある。したがって、本書は国文学がいかにすばらしいかということを力説

する本になるはずである。あまりにも、デキレース的な、予定調和な企画に驚いてしまうばかりである。であるからして、

❶国文学科に行かない方がいいよ

❷国文学科なんて在籍してもおもしろくありませんよ

❸国文学なんか将来性のない学問ですよ

ということは、本書においては絶対に書かれないはずである（慣用表現を用いると、「口が裂けてもいえないセリフ」か）。しかし、❶❷❸は、悲しいことに……正しい。国文学科は就職に有利といえず、旧態依然とした国文学をやるには、忍耐力が必要だから若者向きではない。また、国文学の研究者は減少しているので、将来性も乏しい、といえるかもしれない。とすれば、やはり国文学科なんかに進学しない方がよいのではないか。

が、しかし。その結論を出すのは、本書を読んでからでも遅くはないはずだ。

1限目

国文学史

上野　誠

この授業では……

高校までの日本史や文学史は、覚えることが中心ですが、大学で学ぶ文学史は、どうして文学が変化したのかということを考えることに重点がおかれます。だから、作品と社会と作者の関係を考えてゆきます。

この授業では、古代社会で歌はどのように歌われたのかということを、出土した考古資料を使って考えます。

担当教員：上野　誠（うえの・まこと）プロフィール

大学院生の時代から、文学と社会との関わりに関心がありました。今は、『万葉集』を単に文学として考えるのではなく、その文化的側面を考える万葉文化論という学問を標榜しています。一九六〇年福岡県生まれです。

メッセージ

上野先生がどのような資料を使って、古代の歌の歌われ方を復元してゆくか注目して下さい。推理小説のように推定を重ねてゆきます。お楽しみに！

万葉時代、ヤマトウタはどのように歌われたのか？

――馬場南遺跡出土木簡は語る！――

授業のはじめに

はい、よろしいですか。静かに。これからは私の話を集中して聴くように。前回の授業で話したように、『万葉集』は七世紀後半から八世紀中葉までの歌を集成したいわば古代の「ヤマトウタ全集」みたいなものなんだね。ヤマトウタすなわち日本語の歌だよね。

そこで、今日は歌の楽しみ方について考えてみよう。ヤマトウタに限らず、ウタというものにはね。五つの楽しみ方がある。一つ目は歌を作る楽しみ。二つ目は、歌を文字に書いて楽しむ楽しみ。三つ目は、耳で聴く楽しみ。四つ目は、書かれた歌を目で読んで楽しむこと。五つ目は、声に出して歌うという楽しみ。

【うたの楽しみ方】

①作る　作歌・作詞（どうやったらよい歌ができるかな）
②書く　書いて送るラヴレター・書（どういう文字遣いをしようかな。美しく書きたいよ）
③聴く　ライヴ・ラジオ・CDなど（あぁー、声心に沁みるぅー）
④読む　読書・字幕（文字で自分のペースで読むと、よくわかるなぁ）
⑤歌う　独唱・合唱・カラオケ・鼻歌（やっぱり、口に出すとスッキリする）

もちろん、それらはミックスされるし、ヴィジュアル系の歌手だと、見る楽しみもあるわけだが、一応は以上のように整理しておこう。これらは『万葉集』の時代も同じでした。皆は、千三百年も前のふるーいことだと思うかもしれないが、人類の歴史からみればつい昨日のことだともいえる。いいかな、ここまでは、皆わかったよね。じゃあ、今日の授業の主眼とするテーマを言うよ。

今、私たちが読んでいる『万葉集』の歌々が、『万葉集』という歌集に収載される前に、どのように、歌われたり、書かれたりしたかということを、今日は皆さんといっしょに考えたいと思います。しかも、もったいつけていうわけじゃないけど、最新の資料を使って、新しく考えた分析をわかりやすく話すからね。さらに、これまたもったいつけていうわけではないが、半年かかって上野先生が考えたことを、九十分にまとめて話します。でもね、最新だということは、間違っている可能性も大きいということだから、注意して聴くように。まぁ、試論を披露するということだね。

つい最近のことなんだけど、歌を記した木簡の出土が相次いでいるんだ。木簡すなわち木の札だよね。それらの木簡は、「歌木簡」と分類される形状的特徴および書記上の特徴を有しているんだ〔栄原　二〇〇七年〕。その特徴とは、復元すれば二尺（約六十センチ）になる縦長の木簡でね、一行書き・原則一字を一音で書く書き方という特徴があるんだ。歌木簡はね、七・八世紀における歌の書き方を探る貴重な資料となるばかりでなく、歌集に収載される以前の歌のありようを推定する資料ともなり、今後の万葉研究にも少なからぬ影響を持つ資料となることは間違いないよね。でもね、これまでの万葉研究を踏まえて、これらの歌木簡をどのように考えればよいのかという点については、方法論の検討も含めて、研究はまだスタートしたばかりなんだ。

そこで、今日の授業では、京都府木津川市の馬場南遺跡出土の歌木簡について、未熟ながらも上野先生が考えた説を述べてみる。でも、繰り返し言うように、あくまでも試論だからね。上野先生が、間違っているかもしれない。このことは忘れないように。

一、馬場南遺跡歌木簡の発見！

京都府埋蔵文化財調査研究センターと木津川市教育委員会は、二〇〇八年四月から二〇〇九年二月にかけてね、京都府木津川市木津天神山地内および糖田というところの発掘調査を行ったんだ。この調査の途中でこんな歌木簡が出土したんだ［写真1］。いっしょに出た遺物から推定して、奈良時代後期に埋没したものと考えられているんだね。万葉の時代の後半だよね。

「阿支波支乃之多波毛美智×　(234)・(24)・12　081

（『馬場南遺跡出土遺物記者発表資料』京都府埋蔵文化財調査研究センター、二〇〇八年）

「阿支波支乃之多波毛美智」は「秋萩の下葉もみち」と読めることから、『万葉集』巻十の

秋芽子乃　下葉赤　荒玉乃　月之歴去者　風疾鴨

秋萩の　下葉もみちぬ　あらたまの　月の経ぬれば　風を疾《いた》みかも

（巻十の二二〇五）

に当たると判断され、新聞紙上においては「万葉歌木簡」とも称されているんだ（二〇〇八年十二月十八日（木）『毎日新聞』夕刊など）。ただ、正確にいうと、万葉集と歌句の共通する部分のある一字一音式の仮名書き木簡の発見というべきだろうね。でも、ここは慎重に考えなくてはならないよ。たとえ、第一句は共通であったとしても、二句目以降が同一の歌句である保証はない現段階において、この木簡を二二〇五番歌の仮名書き例であると軽々に判断を下すことはできないからねー。ちなみに、『万葉集』は巻十に絞って見ても、重出歌が四首、少異歌が六首あるんだ。つまり、同じ表現の歌や、ちょっとだけ違う歌もあったということだね。『万葉集』の重出歌、少異歌の存在をどう理解すべきかは万葉研究の大きな課題なんだが、次の二つの可能性を想定しておく必要があるだろうね。一つの可能性は、重出・少異歌が場を異にして歌われたり、筆録・書写された可能性。もう一つの可能性は、意図的にそうしたか、無意識のうちにそうなってしまったかは別として、少し歌句が変わって、歌われたり、筆録・書写された可能性があるはずだよね。ここは、即断してはいけないところです。

［**写真1**］馬場南遺跡から出土した歌木簡

さらに勘案すべきは、『万葉集』に収載されなかった歌々も古代社会には無限に存在していたはずだから、馬場南遺跡の木簡が、『万葉集』に載っている歌と具体的にどのような関係にあるのかということについては、現在のところ判断する材料がないんだ。だから、ここは間違わないようにね。

けれども、その一方で、万葉歌と共通する歌句を仮名書きで記した八世紀中葉の木簡が出土したことが、万葉研究にとって大きな意義を持つことも、言下に否定できないよね。それは古代社会において歌が詠われた機会や場、さらには筆録のありようを考える重要な資料となるからね。この木簡の存在が明らかになって、万葉学者が狂喜乱舞したのは、こういった理由があるからなんだ。少しずつ難しくなってきたと思うが、わかるよね。

以上に述べた諸点を踏まえて、ここで木簡の歌表現と集中の歌表現を比較してみよう。『万葉集』において「萩」の「下葉」を歌った歌は、七首あるんだ。ほら、見てごらん。

①

雲の上《うへ》に
鳴きつる雁《かり》の
寒きなへ

雲の上で
鳴いている雁の声を聞いて
寒くなったなぁ、と思ったら

萩の下葉は
もみちぬるかも

萩の下葉は
色づき始めた――

（作者未詳　秋の雑歌　巻八の一五七五）

②
我がやどの
萩の下葉は
秋風も
いまだ吹かねば
かくそもみてる

私の家の庭の
萩の下葉はね……
秋風も
いまだ吹かないのに――
こんなに色づいている！

（大伴家持　秋の相聞　巻八の一六二八）

③
このころの
暁露《あかときつゆ》に
我がやどの

近頃の
暁の露で
私の家の庭の

萩の下葉は
色付きにけり

萩の下葉は……
色づいてきた（まさに今）——
（作者未詳　秋の雑歌　巻十の二一八二）

④
秋風の
日に異《け》に吹けば
露を重み
萩の下葉は
色付きにけり

秋風がね
日増しに寒く吹いてゆくとね
露が重いからかな……
萩の下葉は
色づいてきた（まさに今）
（作者未詳　秋の雑歌　巻十の二二〇四）

⑤
秋萩の
下葉もみちぬ
あらたまの

秋萩のさぁ
下葉はもみじになったよ……
（あらたまの）

月の経《へ》ぬれば
風を疾《いた》みかも

⑥
秋萩の
下葉の黄葉《もみち》
花に継《つ》ぎ
時過ぎ行かば
後恋《のちこ》ひむかも

⑦
天雲《あまくも》に
雁《かり》そ鳴くなる
高円《たかまと》の

月が経って
風が激しく吹くようになったからかなぁ
（作者未詳　秋の雑歌　巻十の二二〇五）

秋萩のね
下葉の紅葉の色がね
花に続いて変わっていって
時が過ぎて行ったら……
あとで懐かしく思われるだろうなぁ
（作者未詳　秋の雑歌　巻十の二二〇九）

天雲に
もう雁が鳴いているよ——
高円の

――萩の下葉は
もみちあへむかも

萩の下葉は……
無事にきれいな色をつけるかなぁ
（中臣清麻呂　巻二十の四二九六）

一見してわかることは、すべて五・七・五・七・七の短歌体であるということだね。もう一つわかることは、『万葉集』では、「萩」の「下葉」を歌う場合、例外なくその紅葉が歌われている、ということだね。萩の花はね、山上憶良の歌う「秋の野の花」七種の冒頭に歌われた花であり（巻八の一五三八）、「人皆は萩を秋と言ふよし我は尾花が末を秋とは言はむ」（巻十の二一一〇）という歌があるように、秋を代表する花だったんだ。二一一〇番歌は、多数派に対する少数派の異議申し立ての歌であり、逆にいえば大多数の人びとが、萩を秋の花の代表と考えていたことの証拠になるよね。天平時代には、家々の庭に移植することが流行した花なんだ。『万葉集』の花の歌の中でもっとも歌数が多い理由もそのためだと考えられているんだ（一四一首）（上野　二〇〇三年）。けれどもね、かの萩の花も仲秋には散り、秋の深まりとともに根元に近い枝の葉の方から、少しずつ黄色く変色しはじめる。おそらく「下葉もみちぬ」とは、こういった晩秋の萩の様子を表現しているんだろう。そうだな。奈良市の白毫寺《びゃくごうじ》の萩はいいよ。上野先生も、三十歳若返ったら、ここでデートしたい（もちろん、今の女房以外の人とね）。

したがって、①〜⑦の歌は、すべて秋の深まりを詠む歌であり、雁（①⑦）、露（③④）、さらには日に日に冷たくなる秋風（②④⑤）を意識して歌われているね。おそらく、七首のうち六首が『万葉集』の中でも四季分類の巻である巻八と巻十に集中しているのは、「萩」の「下葉」の「紅葉」が、秋を代表する景色として、すでに万葉歌の世界で定着していることを物語っている。まぁ、簡単にいやー、季節ものの定番になっているということやね。また、⑦も、天平勝宝五年（七五三）秋八月十二日の宴席で詠まれた歌なんだ。以上のことがらを勘案すれば、この木簡の歌句は、四季分類されている巻八と巻十の天平万葉の秋歌の類型的景物表現と、きわめて高い親和性を持っているということができるんだ。ここでいう親和性とは、歌の内容に共通項が多いということだね。そして、それは、天平万葉の趣味とも合致するものであったということができる。天平万葉の特徴の一つは、四季の自然を歌うことにあるといわれています。「類型的景物表現」も、難しい言葉だったかな。ステレオタイプ化した景物に歌われるものの表現ということだ。梅にウグイス、カレーライスに福神漬け、トンカツにキャベツの千切りというように、一つの型が出来ているということだね。つまり、定番化しているということだね。

二、馬場南遺跡の性格を考えよう！

まずここで、この遺跡の立地を広く見渡してみよう。奈良側から見ると奈良坂を越え切ったところにあり、ここからは平野が広がるところです。京都側から見れば奈良坂の入口と言ってもよい場所なんだ。また、泉川（木津川）の泉津の南にあたり、交通の要衝であったと考えられる場所なんだ。つまり、馬場南の地は、一山越して、川を渡る手前の場所ということになるかな。平城宮跡から、東上して東大寺をめざし、北上して奈良坂を越えると約十キロの行程となり、私の足でゆっくり歩いて三時間半というところかな（身長一六五センチ、八十キロで運動不足の私の足で）。

この遺跡はね、第一期（七三〇年代～七六〇年前後か）と、第二期（七六〇年前後～七八〇年代）に分けて考えられているんだ。第一期からは、生活に使用されたとみられる須恵器（素焼きの土器）、平城宮式（同笵）Ⅱ期の瓦が出土し、掘立式建物の跡も見出されている。出土した瓦は、寺院用ではなく宮殿用であるが、同遺跡からは塑像《そぞう》のあった仏堂も確認されており、遺跡の性格づけが難しいんだ。離宮か、そ

［写真2］灯明皿検出の様子

れともお寺かとね。仏堂だからなぁー。難しいんだ。

その馬場南遺跡の性格を考える上で注目すべき出土遺物は、主に灯明皿（油などを入れて火を灯す器）として使用したとみられる八千枚以上の土師器《はじ》（素焼きの土器）なんだ［写真2］。ほとんどの皿に煤が一箇所のみ付着しているといい、おそらく一回だけ灯明皿として使用されたのちに破棄されたとみられているんだよ。なんと！　ぜいたくな！　八千枚以上もの灯明皿が一回のみ使用されたのちに六箇所に分けられて遺棄されているところから、燃灯供養《ねんとうくよう》のような法会儀礼が行われたものと推定されているんだよ。

燃灯供養というのは、灯明皿に光を灯して仏に光をお供えする儀礼だね。法会というのは仏教のお祭りで、お祭りだから必ず儀礼があるんだ。たとえば、東大寺のお水取りも国が栄えるように祈る法会だよね。このように法会との関係を想起させる遺物としては、香炉や法会に使われる瓶などが、出土しているんだ。まぁ、詳しくは解説せんが、当時最高級の仏具だわな。

さらにもう一つ、法会との関連をうかがわせるものがある。それは彩《さい》釉山水陶器《ゆうさんすいとうき》といわれる表面に加工をして絵をつけた陶器で、これには山や水波紋が描かれており、組立式となっている［写真3］。裏面を見ると

［写真3］馬場南遺跡から出土した山水陶器

組立の接合部分を確認するために書かれたと思われる「右三」「左五」などの墨書が確認されているんだね。現在、出土した彩釉山水陶器は、組立式の須弥壇《しゅみだん》の一部と考えられているんだね。おそらく、仏像を、法会に際して設置したのでしょう。ということは、壇を急ごしらえして、仏さんを置いたんだね。例えばさ、雛飾りは、雛祭りの時にしか出さないだろ。その時だけ組み立てるだろ。そういう臨時に出して組み立てるものなんだね。その壇も呼び物となるわけだよ。つまり、法会の参集者の礼拝の対象となるか、見物の対象となる一つの陶製のモニュメントと考えてよいだろうね。

一方、祭祀との関連を予想させる墨書人面土器なども出土しているんだ。これは、大祓《おおはらえ》の禊《みそぎ》のような水辺の祭祀が行われていたことを想起させるものでね、以上の出土遺物は、谷を削り込んで作

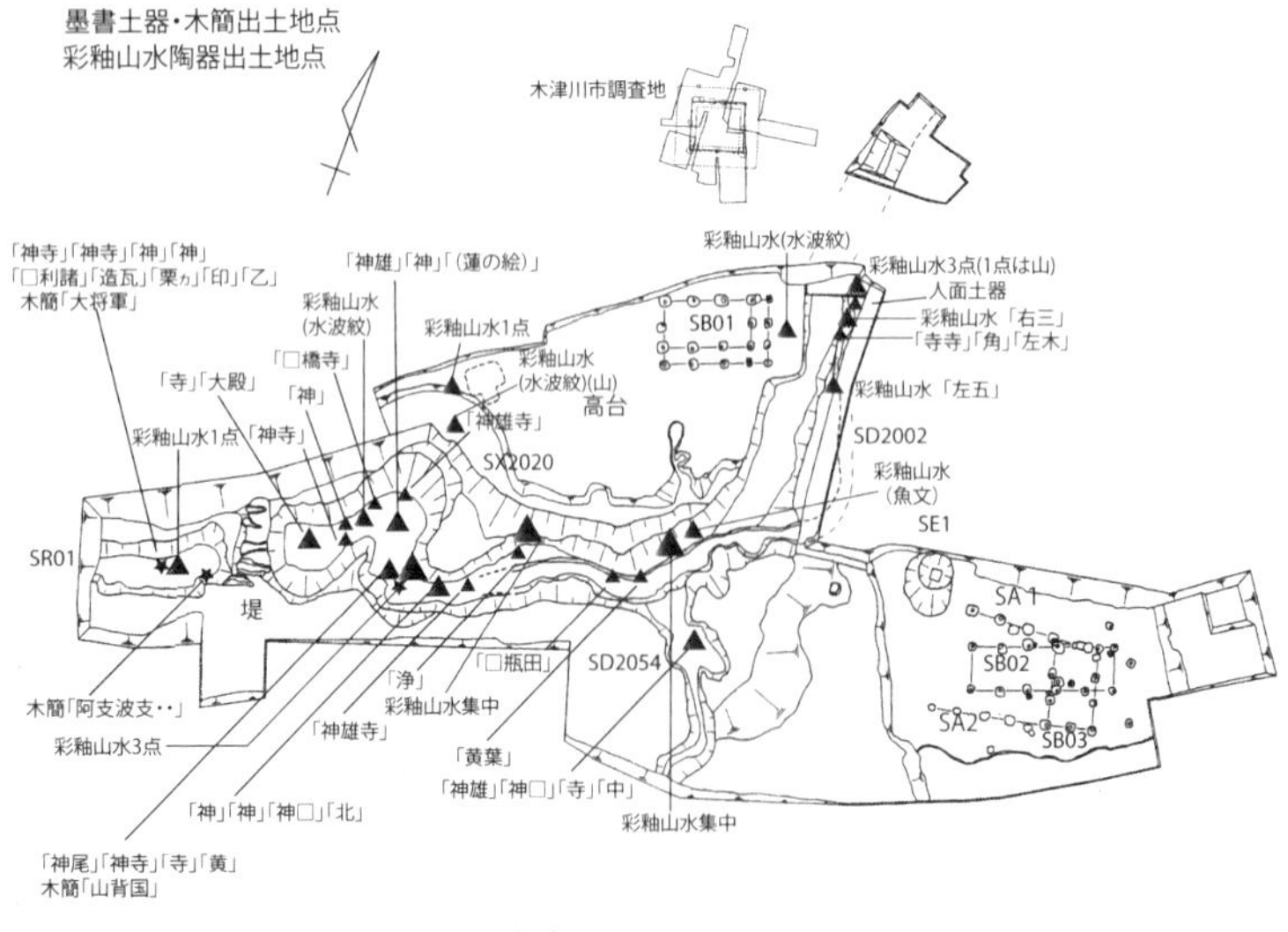

土器や木簡の出土状況を表した馬場南遺跡の地図

られた水路（ないし池）に沿って出土しているんだ。大祓というのは、身についたケガレを祓う儀礼と、今は考えておくように。発掘された水路（ないし池）は、今日でいう回遊式庭園の水路や池の様相をもっている。つまり、散歩を楽しむ庭園だね。水路（ないし池）をわざわざ大きく湾曲させて、参集者がその庭の景を楽しむように作られていると、私は現地を見て思ったね。やっぱり、現地に行くと心が震えるよ。

谷川を削って作った水路（ないし池）を中心に建物が配され、その一つに仏堂も在していたことは確かのようだね。そこで、八千枚以上も灯明皿を用いた燃灯供養が行われたこともあり、時には水辺で大祓の禊が行われたことも確かなんだ。また、法会にあたっては、組立式の彩釉山水陶器が飾られていたことも確認されている。彩釉陶器は、当時としてはきわめて豪華なものだったんだ。

次に第二期なんだが、第二期からも皿や甕などの土師器、坏、壺、平瓶などの生活用品が出土している。また、彩釉陶器や彩釉山水陶器も第一期に引き続き使用されている模様で、建物も増設されているんだ。建物の増築や新たに柵の設置などがなされながら、連続的に使用されていたようなんだね。また、第二期においても燃灯供養が行われたらしく、二千枚の灯明皿が二箇所に分けて遺棄されていた。加えて、祭祀についていえば土馬《どば》も出土しており、雨乞いの儀礼が行われた可能性が高いんだ。

さて、第二期の遺跡の性格を考える上で重要な遺物はといえば、「神雄寺」「神尾」「神」「寺」「大殿」「□橋寺」「悔過」などと書かれた墨書土器だろうね［写真4］。「神雄寺」については、土器の所有者を表している可能性もあり、注目されるところだね。この時期の出土遺物としては「黄葉」と書かれた墨書土器があることだね。すごい遺跡だろ。以上が、第一期と第二期およびその中間期の馬場南遺跡の概要です。ところが、仏堂はいつのころか火災で焼失してしまったようなんだ（時期不明）。では、廃絶したのはいつかといえば、長岡京の造営期に、施設としての機能を失い、廃絶したと考えられているんだ。つまり、平安時代には廃絶していたというわけさ。

以上の点を考慮した上で、ふたたび歌木簡について考えてみよう。歌木簡はいっしょに出土した土器の編年から七七〇年（平城四期）までに埋没した、と考えられている。歌の書かれた面は一回だけ使用されたんだけど、裏面は一回から三回程度、削られて再利用されていることが確認されているんだ。これは、二次利用、三次利用によるものと考えてよいだろう。この木簡は、書かれたあと使用済みとなると、また削られて利用されたんだね。以上の点を勘案

［写真4］馬場南遺跡から出土した土器。「神雄寺」の文字がある

すれば、歌が書かれた年代が、七七〇年頃を下ることは、まずないようなんだ。対して、歌が書かれた時代を特定することはちょっと難しい。残念！　おそらく、他の多くの第一期の遺物も、そのほとんどが第二期に埋没していることを考え合わせると、秋萩の歌が書かれて木簡が使用されたのは、第一期（七三〇年代〜七六〇年前後）であった可能性も、なお高いといえるだろう。つまり、いずれにせよ天平期の木簡が出土したことだけは間違いない。だとしたら、この歌木簡について考えるためには、燃灯供養を中心とした法会の、歌の場について考えなくてはならないよね。ここからは、急に難しくなるぞ。深呼吸してください。スー、ハー。ハイ、授業を続けます。

三、法会と歌の場

まず、燃灯供養について、史料確認をしておこう。燃灯供養は、法会の中の行で行われる供養の一つであり、光明を灯すことによる一種の布施《ふせ》と考えてよい。布施とは、僧に対する施しだよね。尊敬の接頭語をつければ「お布施」だね。僧による読経や悔過（罪を悔いて仏に祈る儀式）が行われ、僧への布施とともに、灯明皿をともす供養儀礼が古代においても存在していたようなんだ。次の二つの資料を見てみよう。

冬十二月の晦《つごもり》に、味経宮《あぢふのみや》に二千一百余《あまり》の僧尼《ほふしあま》を請《ま》せて、一切経《いつさいきやう》を読ましむ。是《こ》の夕《よひ》に、二千七百余の灯《みあかし》を朝庭内《みかどのおほば》に燃《とも》して、安宅《あんたく》・土側《どそく》等の経を読ましむ。是《ここ》に天皇《すめらみこと》、大郡《おほこほり》より遷《うつ》りて、新宮《にひみや》に居《おは》します。号《なづ》けて難波長柄豊碕宮《なにはのながらのとよさきのみや》と曰《い》ふ。

（『日本書紀』孝徳天皇白雉二年〔六五一〕十二月晦条）

【訳文】

冬十二月の晦の日に、味経宮に二千百余りの僧尼を招いて、一切経を読ませるということを行った。この夕べには、二千七百あまりの灯火を朝廷の庭にともして、安宅・土側などの経を読ませたのである。かくして天皇は大郡から新宮に遷られたのであった。（この宮は）名付けて難波長柄豊碕宮といわれている。

丁亥《ていがい》に、勅《みことのり》して、百官人等《ももつかさのひとら》を川原寺《かはらでら》に遣《つかは》して、燃灯供養《ねんとうくやう》す。仍《よ》りて、大斎悔過《だいさいくゑくわ》す。

（『日本書紀』天武天皇朱鳥元年〔六八六〕六月十九日条）

【訳文】

丁亥（十九日）に、勅があって、百官の人々を河原寺に遣わされ、燃灯供養を挙行された。かくしてのち、大斎会の悔過が行われた。

はじめに掲げた資料は、難波長柄豊碕宮の新宮祝福を目的とするものと考えてよく、安宅・土側の読経は一種の呪禱（祈り）と見てよいだろうね。新宮殿に幸あれと、お経を読んで祈ったのだろう。後者の記事は、川原寺で行われた悔過会にあたり燃灯供養が行われたことを示している。悔過会とは、仏教徒が日常の生活のなかで犯してしまったあやまちを懺悔する儀礼のことをいいます。前者の記事には天皇のお出ましもあり、後者の記事では百官すなわちたくさんの役人の集りがあったことがわかり、多くの人びとが燃灯を見た、と考えられる。おそらく、燃灯供養は、その儀礼の性格からいっても、多くの人びとに光明を見せることに開催の意味があるんだね。だから、法会の儀礼の中でも、多くの人びとに開かれた儀礼の一つになるんだ。端的にいえば、供養でありながらも一種のにぎわい行事ともなり、今日でいえばイベントに近いものだったんだね。つまり、夜明かりを楽しむ行事だね。したがって、不特定多数の参集者に開かれたにぎわい行事であったということができる。少なくとも、以上の二つの記事は、七世紀中葉以降には、法会にともなう供養の一つとして燃灯が行われていたことを示しているよね。そして、一つのにぎわい行事として機能していたことを示しているよね。こういった燃灯供養のにぎわい行事としての性格は、今、私たちがこの授業で取り上げている歌木簡の時代にも引き継がれているようなんだ。

以上のように考えてゆくと、古代の社会において法会に伴って歌が披露されるような場が存在したかどうかが、次なる問題として浮上してくることになるよね。この確認を、忘れちゃいけない。まず、『万葉集』の巻二の挽歌（死を悼む歌）の例から見てみよう。

天皇の崩《かむあが》りましし後の八年の九月九日、奉為《おほみため》の御斎会《ごさいゑ》の夜に、
夢の裏《うち》に習《なら》ひ賜《たま》ふ御歌《みうた》一首　古歌集《こかしふ》の中《うち》に出でたり

明日香《あすか》の　清御原《きよみはら》の宮に　　飛鳥の　清御原の宮にて
天《あめ》の下　知らしめしし　　天下を　お治めになりたまいし
やすみしし　我が大君《おほきみ》　　（やすみしし）わが大君――
高照《たかて》らす　日の皇子《みこ》　　（高照らす）日の御子であらせられる（天武天皇は）
いかさまに　思ほしめせか　　どのように　お思いになってのことか
神風《かむかぜ》の　伊勢《いせ》の国は　　（神風の）伊勢の国は……
沖《おき》つ藻《も》も　なみたる波に　　沖の藻も　なびいている波、その波間にて
塩気《しほけ》のみ　かをれる国に　　潮の香　香れるその国にて
うまこり　あやにともしき　　（うまこり）いとおしいほどお逢いしたい
高照らす　日の皇子　　（高照らす）日の御子（たる天武天皇）

（巻二の一六二）

この歌はね、御歌とあるところから、今は天皇となった持統皇后が、后の立場で歌ったものと考えられているんだ（敬意のグレードで作者の地位がわかるんだね）。御斎会とは、参集者・僧侶への食物のふるまいを行なう法会であり、持統天皇七年（六九三）九月九日は、天武天皇が崩じて八年目に当たるんだ（朱鳥元年〔六八六〕崩御）。食事を僧侶に差し上げることも、一つの布施だからね。『日本書紀』には、この持統七年（六九三）の九月の翌十日、天武天皇のために無遮大会が行われたとあるんだ。これを見逃してはいけない！

丙申《へいしん》に、清御原天皇《きよみはらのすめらみこと》の為《おほみため》に、無遮大会《むしゃだいゑ》を内裏《おほうち》に設《ま》く。繋囚《とらはれびと》は悉《ことごと》く原《ゆる》し遣《や》る。

（『日本書紀』持統天皇七年〔六九三〕九月十日条）

【訳文】

丙申（十日）に、清御原天皇（天武天皇）のおんために、無遮大会を宮中で挙行した。囚人は、全員放免した。

御斎会の翌日に、持統天皇が自ら主催者となり、無遮大会が行われたというんだね。無遮大会とは、老若男女・貴賤・在家出家の区別なく人びとが集り、供養を行う法会のことをいうんだね。具体的に推定すれば、天武天皇の御魂を弔うの意味を込めて、食事のふるまいがあり、燃灯供養のようなにぎわい行事が、内裏で行われたわけさ。天武天皇の忌日である九月九日の夜「夢の裏に習ひ賜ふ御歌」（夢で習った歌）と称する歌ならば、その披露が可能なのは九月十日の朝以降となるはずだろ。

以上のことがらを勘案すると、九月九日の御斎会の夜の夢の裏の歌は、翌日の内裏での無遮大会か、大会に付随するにぎわい行事において示された、と考えなくてはなるまい。昨夜、皇后様は、夢の中でこんな歌を習われたんだぞーというように披露されたんだろうなー。伊勢に赴く天武天皇の御魂をいとおしむ皇后の歌という内容から考えても、十日の無遮大会で披露されたと考えるべきだろうね。ということは、法会においてヤマトウタが披露されるということが、少なくとも七世紀の終わりころまでには行われはじめていたということになるよね。ということは、仏教の法会において、ヤマトウタが披露されることもあったことになるよね。

四、維摩講の仏前唱歌

ここまで、法会とにぎわい行事や歌の場の関係について考察したよね。法会といっても、不特定多数の人びとに施しを行なう無遮大会のように、外部に開かれたにぎわい行事も存在していたことを、確認したつもりなんだが、わかってもらえたかな。その一つに、燃灯供養もあった、と考えればよいわけさ。秘儀じゃなくて、お祭り騒ぎの方だね。

上野先生が話したことがらを踏まえて、ここまでわかったら、次の『万葉集』巻八の仏前唱歌の事例を見ると、歌と法会との結びつきがさらによくわかるよ。

仏前《ぶつぜん》の唱歌《しやうが》一首

しぐれの雨　　　　しぐれの雨
間なくな降りそ　　絶え間なく降りつづかないでおくれよ
紅《くれなゐ》に　　紅色にね
にほへる山の　　照り輝いている山の紅葉がね
散らまく惜《を》しも　　散ってしまうのが惜しいからさ

右、冬十月、皇后宮《わうごうのみや》の維摩講《ゆいまかう》に、終日《ひねもす》に大唐《もろこし》・高麗《こま》等の種々《くさぐさ》の音楽を供養し、爾《しか》して乃《すなは》ちこの歌詞《かし》を唱《うた》ふ。弾琴《ことひき》は市原王《いちはらのおほきみ》・忍坂王《おさかのおほきみ》〔後《のち》に、姓大原真人赤麻呂《おほはらのまひとあかまろ》を賜る〕、歌子《うたびと》は田口朝臣家守《たのくちあそみやかもり》・河辺朝臣東人《かはへのあそみあづまと》・置始連長谷《おきそめのむらじはつせ》等十数人なり。

（巻八の一五九四）

天平十一年（七三九）に、『維摩経《ゆいまきょう》』というお経の説法を中心とした法会が行われ、その際に仏前で唱歌が行われたんだね。左注（歌の左に添えられた注）には、その次第が記されているんだ。『維摩経』というお経で、ことに有名だったのはね、第五の「文殊師利問疾品《もんじゅしりもんしっぽん》」というところなんだ。仏がこのお経の主人公である仏教の信者、維摩居士《ゆいまこじ》の病が重篤なことを知り、文殊菩薩《もんじゅぼさつ》を遣わして見舞う箇所。ではなぜ、この部分がことに有名であったかというと、遣わされた文殊菩薩に対して維摩居士が自らの病の由縁を説明して、後に人びとの病苦を救うことを悲願する條が、日本における維摩会という供養行事の起源伝承と開催目的とに深く関わって喧伝された歴史があるからなんだ。

　維摩会のね、縁起伝承を見ると、藤原鎌足と維摩会の起源は密接に関わっているんだよ〔井村哲夫　一九九七年〕。縁起伝承というのは、この場合、どうして維摩会という法会が行われるようになったのかということを説明する伝えのことなんだ。諸縁起には、鎌足が、自らの病の治癒のために百済からやって来た尼さんの法明という人に『維摩経』を読んでもらったところ、たちどころに全快したと書いてあるんだ。感謝して感服した鎌足は、自分の邸宅をお寺として、『維摩経』を講説する法会を行うようになったのだ、と維摩会の起源を説いているんだよ。その寺が山階寺、今の興福寺。

　つまり、この維摩会の縁起伝承は、藤原氏の祖、鎌足ゆかりの法会である維摩会の起源を説く伝承になっていると同時に、山階の精舎が興福寺に繋がることを考えれば、藤原氏の氏寺・興福寺の縁起伝承にもなっているんだよ。こういう理由によって、鎌足さんがお寺を建てたのだよということを説明する伝承となっているわけだよね。だから、維摩会には、藤原氏の藤原氏による藤原氏のための法会として、行われてきた歴史があり、場所も後代においては興福寺で固定して行われるようになっていったんだ。ために、十月十六日をもって法会の最終日とするのは、鎌足の忌日に合わせているのであり、維摩会を行なうことは、すなわち鎌足を顕彰することにほかならないんだよ。顕彰というのは、褒め称えることだよね。つまり、藤原氏繁栄の基礎を作った鎌足さんを偲び、その遺徳を称える日なんだよ。

さて、左注には、冬十月としか書いていないけれど、維摩講の最終日は十六日だろうと推定されているんだ。当時のいろいろな法会のありかたからして、こう推定されているんだ。この日は、無事に法会が終了したことを祝う日となるわけで、鎌足の遺徳を偲ぶために、音楽会が行われたんだね。

まず、最初に奏されたのは「大唐」つまり中国と「高麗」つまり朝鮮の楽《がく》だ。大唐楽と高麗楽はともに、日本に伝わって、雅楽寮の楽人たちが練習して伝えていた音楽さ。まず、中国と朝鮮から渡来した楽が奏されたんだね。この二つの渡来楽に対して、次にヤマトウタが歌われたんだ。日本のウタだよね。見てごらん、大唐と高麗の渡来楽については、奏楽者名の記載がないのに対して、唱歌の「弾琴」と「歌子」については氏名が記載されている。これは、二つの渡来楽の奏楽者が、雅楽担当の役人か、各寺院で渡来楽の教習を受けている楽人だったからだろうね。楽人だから、身分も低く、氏名が記されていないんだね。対して、「弾琴」と「歌子」には、皇親者（皇族）も含まれ、高位者であったために氏名が記されているんだ。

市原王《いちはらのおおきみ》は、高雅の歌風で知られている歌人だが、天平十一年（七三九）のころは、皇后宮職の役人であり、同七月よりは皇后宮職の写経司の諸事を司る役を務めていた〔井上薫一九六六年〕〔北條朝彦　二〇〇四年〕。皇后宮職とは、皇后の行う社会事業等を計画・立案・実行する役所だね。対して、忍坂王《おさかのおおきみ》と「歌子」の田口朝臣家守《たのくちあそみやかもり》については、残念ながらその経歴はわからない。けれども、河辺朝臣東人《かわべのあそみあずまと》については、次のような推定が可能なんだ。『万葉集』巻十九には、

朝霧《あさぎり》の
たなびく田居《たゐ》に
鳴く雁《かり》を
留《とど》め得むかも

朝霧の
たなびく田んぼに
鳴いている雁を……
引き留められるかなぁ

我がやどの萩　　　　　　　　　　わが家の萩は――

右の一首の歌、吉野の宮に幸《いでま》しし時に、藤原皇后《ふぢはらのわうごう》の作らせるなり。ただし年月未《いま》だ審詳《つばひ》らかならず。

十月五日、河辺朝臣東人《かはへのあそみあづまと》が伝誦《でんしょう》せるなりと云《い》爾《ふ》。

（巻十九の四二二四）

とあり、東人は光明皇后の歌を「伝誦」する立場にあったんだよ。左注によれば、吉野（現・奈良県吉野郡吉野町地域）の行幸時の光明皇后の歌を伝誦していたことがわかる。つまり、光明皇后の歌を覚えていて、いつでも歌えたんだね。短歌体一首ならば、暗誦は容易なので、ここでいう「伝誦」とは、短歌体一首を定まったリズムや抑揚で歌うことであると推定できる。つまり、歌を覚える能力ではなく、歌唱力の評価があったんだよ。以上から、東人については、歌の伝誦に対して高い能力を有していたことがわかるんだ。つまり、東人は光明皇后にお仕えすることもあったほど、優秀な歌い手だった、ということができるんだ。だって、一流じゃなけりゃ、こういう立場になれるはずがないだろ。

次に、置始連長谷《おきそめのむらじはつせ》なんだが、長谷は『万葉集』巻二十に、

三月十九日に家持《やかもち》が庄《しやう》の門《かど》の槻樹《つきのき》の下《もと》にして宴飲する歌二首

山吹《やまぶき》は
撫《な》でつつ生《お》ほさむ
ありつつも
君来《き》ましつつ
かざしたりけり

山吹は
慈しんで大切に育てましょう
（だから）ずっとこんな風に
あなたさまも時々お見えになって
髪に挿してくださいますよね（必ず！）

右の一首、置始連長谷《おきそめのむらじはつせ》

我が背子《せこ》が
やどの山吹《やまぶき》
咲きてあらば
止《や》まず通はむ
いや年のはに

あなたの
家の庭の山吹が
咲く時分になったね
絶えずお訪ねいたしましょう——
毎年毎年！

右の一首、長谷、花を攀《よ》ぢ壺《つぼ》を提《と》りて到来《きた》る。これに因《よ》りて、大伴宿禰家持《おほとものすくねやかもち》この歌を作りて和《こた》ふ。

（巻二十の四三〇二・四三〇三）

のような問答を残している。大伴氏が所有していたいずれかの庄の門には槻の樹があり、その樹下で行われた宴に、長谷は招かれたんだね。ここでいう庄とは、氏族が私有している農園のことだよ。左注に「花を攀ぢ壺を提りて到来る」とあるのは、客として花を持って来訪したことを意味するんだ。対する家持は、あなたが御自ら育てた山吹を見せてくれるなら「止まず通はむ」(ずっと通い続けるよ)と挨拶を返している。おそらく、家持は、庄で宴をするにあたり、歌で名高い長谷を呼んだんだろう。

この三月後半といえば、種蒔きがはじまる時期であり、魚と酒で接待して耕作人を確保する必要があり、また神を祭る必要もあったんだ〔義江彰夫 一九七八年〕。おそらく、家持は、天平勝宝六年(七五四)に、歌の名手を呼んで耕作人を確保しようとしたんだね。つまり、人気歌手を呼んで、耕作する人を集めるんだよ。農繁期には、人手不足になるからね。何かイベントでもやらないと、庄で働く人を集められなかったと思われるんだ。皇后宮の維摩講で歌うことを許された歌の名手・長谷を呼ぶことによって、種蒔きを前にした庄での宴を盛り上げようとしたんだろうね。

おそらく、皇后宮における維摩講では、皇后宮職の舎人であった市原王を筆頭に、琴を弾いて歌うすなわち弾琴唱歌の同時代に評価のあった名手十数名が、仏前で短歌体一首を唱歌したんだよ。これらの仏前唱歌の奏楽者について、井村哲夫という先生は次のように述べているんだ。

聖武朝の歌舞管弦振興政策や、天皇・皇后・皇太子を中心とする聖武内廷の音楽愛好の状況（その状況は前掲拙稿に詳述した）から推し量れば、もしやこの「歌儛所」は、「光明皇后の皇后宮職に所属して、もっぱら聖武天皇・光明皇后内廷の音楽を預かる——したがって令文に規定もなく、しかも公的な性格を持っていたらしい——音楽機関」であって、折しも皇后宮職の写経司知事であった市原王や、同じく皇后宮職の舎人であった（と私かに推測する）弾琴忍坂王や唱歌の名手河辺東人ら「諸王・臣子等」の音楽グループこそ、その天平十一年前後の構成メンバーではなかったか。そういう性格の音楽機関であったからこそ、皇后宮で修する法会の席に、雅楽寮楽人と並んで楽屋に着く機会を得たのではないだろうか。〔井村哲夫　一九九七年〕

井村先生は、聖武天皇の后である光明皇后（藤原皇后）の下に集っていた音楽グループの存在を推定し、その音楽グループが天平十一年の維摩講でヤマトウタを歌ったと推定しているんだよ。

天平十一年の維摩講の最終日には、唐楽と高麗楽の後に、ヤマトウタの歌唱が行われたのであり、田口朝臣家守以下の人びとは、唱歌の名手としての高い評価があって、ために皇后宮で行われたにぎわい行事の音楽会において、唱歌の機会を得たんだろう。つまり、歌手の声や節まわしを聞いてみたいという、歌いの魅力だわな。

以上の考察してきた諸点を踏まえて、歌をめぐる能力というものを、かりに次のA～Eのように分類して、「歌子」に求められた能力について、考えてみよう。

A　歌を作る能力（作歌能力＝歌人へ）
B　歌唱する能力（歌唱力＝歌手へ）
C　歌を伝える能力（伝誦能力＝伝承者へ）
D　歌を記す能力（筆記能力＝筆録者へ）
E　歌を理解し、批評する能力（批評力＝批評家へ）

「歌子」たちに求められる必須条件はBであり、必要条件としてはCが求められていたはずだね。もちろん他の能力も求められていたかもしれないが、それらは必須・必要の条件ではないはずだよね。

これまで述べてきたように、河辺朝臣東人と置始連長谷の二人の「歌子」については、その歌唱力が同時代における評価を得ていたことは確認済みだよね。では、その歌唱力というものは、具体的にはどんなものだったのかな。おそらく、それはヤマトウタを古風に歌う能力ということになるのではないかな。

皇后宮における維摩講の弾琴唱歌は、二名の琴の伴奏で、十数人が歌うというものであったようだよね。皇后宮において、その威光を示す法会の最終日の奏楽であったことを考慮すれば、当時としてはかなり大がかりな編成であったとみてよいだろう。おそらく、それは、不特定多数の聴衆を想定した編成であった、と考えられるよね。

以上のような状況設定をもとに、歌木簡が使用されたとすると、どのような使用方法が考えられると君たちは思う？

これを法会の最終日の弾琴唱歌の場であると想定した場合、その使用方法をかなり限定して考えることができるんじゃないかな。一つは、奏楽者歌詞カードであった可能性だね。でもね、それが短歌体一首であるならば、暗誦・暗譜しているであろうし、また製作にかなりの手間と時間がかかる長大な木簡を使う必要もないだろう。とすれば、歌木簡は、奏楽者のためのものではなく、不特定多数の聴衆に配慮して製作された木簡とみるべきじゃないのかな。それが、上野先生の考えた結論なんだ。どうだい！

おわりに

俺はね、今日の授業で、馬場南遺跡から出土した歌木簡の歌句が、類型的な表現の一つと考えてよく、それは天平万葉の秋歌と親和性が高いことを指摘したよね。実は、天平十一年の仏前唱歌も同じなんだ。前年の天平十年（七三八）の十月十七日に橘諸兄旧宅で行われた宴で歌われた、

奈良山《ならやま》の
峰《みね》のもみち葉
取れば散る
しぐれの雨し
間なく降るらし

奈良山の
峰の紅葉はね
手に取ると散る——
しぐれの雨が……
やみまもなく降るからなのでしょう

もみち葉を
散らまく惜《を》しみ
手折《たを》り来て
今夜《こよひ》かざしつ

紅葉が
散るのが惜しいから
手折って来て
今夜かんざしにしました……

何をか思はむ　　　　　もう何を思うことなどありましょうや（ありません）

（巻八の一五八五・一五八六）

と類似歌句を含んでいるだろ。とすれば、この二首が一年後の仏前唱歌の元になっているか、そもそも維摩講の歌そのものが、広く流布しやすい類型的歌句を合成して歌われていた可能性を示しているんじゃないかな。言い換えるとね、類型性が高く、広く流布していた歌句を寄せ集めた歌であるということができるよね。不特定多数の人びとの参集が予想されるにぎわい行事では、むしろ人口に膾炙《かいしゃ》した類型表現を含むなじみやすい歌が好まれ、求められたはずだよね。つまり、難しかったり珍しい歌より、定番の方がいいのよ。だって、多くの人びとにわかる歌がいいんだから。したがって、上野先生は、最終日に参集した人びとが、その祝祭空間の中で、ともにヤマトウタを楽しむために選ばれた歌じゃないかと考えてみたわけさ。おそらく、そういった場合大切なことはね、奏楽者と聴衆が、場の雰囲気、例えば季節感を共有することじゃないのかね。ために、当日の景色を歌った歌が選ばれた可能性が高いと俺は思うんだ。

以上の考察を踏まえ、馬場南遺跡出土の歌木簡の製作理由と利用方法を推定すると、以下のようになるんだが……。

一、燃灯供養も、弾琴唱歌も、ともに、法会の最終日のにぎわい行事と考えてよい。法会といっても、公開性の高い結願日の供養には、不特定多数の人間が参集していたと考えられる。

二、不特定多数の聴衆が参集する唱歌の場で歌われる歌は、類型性が高く、なじみやすい歌が選ばれたはずで、それは当該木簡の歌句にもあてはまると思われる。

三、二尺・一行書き・一字一音式の表記の歌木簡が、弾琴唱歌で必要な場合とは、唱歌されるいい歌を知らない可能性のある不特定多数の聴衆の参集が予想され、聴衆に対して歌を示す場合であった、と推定される。

推定に推定を重ねた妄説かもしれないけれど、現時点での私の馬場南遺跡出土の歌木簡に対する考えは、すべて述べた。ここで、私の考えに意見のある者はいないか？　おっ、トモコの手が挙がっているぞ。よし、トモコ意見を言ってみろ。

「はい、先生。つーことは、例えば、オペラの字幕スーパーみたいなものですか？」

ええっ。うーん、まぁー、よし、よし、よし。そんなもんだ（なかなかやるなー、トモコ）。俺が半年かかって考えたことをそう簡単に言うなよ。でも、当ってるな。よし。そうだ。うーん。

参考文献

阿蘇瑞枝　一九八九年　「万葉集巻第十概説」『萬葉集全注　巻第十』所収、有斐閣
池田三枝子　一九九二年　「風流侍従長田王考」『上代文学』第六十九号所収、上代文学会
井手　至　一九九九年　「カモの神の性格」『古事記年報』第四十一号所収、古事記学会
伊藤　太　二〇〇九年　「「神尾寺」と木津天神山をめぐるトポス」『やましろ』第二十三号所収、城南郷土史研究会
乾　善彦　二〇〇九年　「難波津木簡再検討」『國文學　解釈と教材の研究』四月臨時増刊号第五十四巻六号所収、學燈社
犬飼　隆　二〇〇八年　『木簡から探る和歌の起源―「難波津の歌」がうたわれ書かれた時代―』笠間書院
井上　薫　一九六六年　「写経司」『奈良朝仏教史の研究』所収、吉川弘文館
猪股ときわ　二〇〇〇年　「光の中の仏教儀礼――皇后宮維摩講の時空へ」『歌の王と風流の宮――万葉の表現空間』所収、森話社
井村哲夫　一九八六年　「遊藝の人憶良」『赤ら小船　万葉作家作品論』所収、和泉書院
――　一九九七年　「天平十一年「皇后宮之維摩講仏前唱歌」をめぐる若干の考察」『憶良・虫麻呂と天平歌壇』所収、翰林書房
上野　誠　二〇〇三年　「万葉びとの庭、天平の庭―王の庭、民の庭―」梶川信行・東茂美編『天平万葉論』所収、翰林書房
――　二〇〇九年　「難波津歌典礼唱和説批判―いわゆる「万葉歌木簡」―」『國文學　解釈と教材の研究』四月臨時増刊号第五十四巻六号所収、學燈社
大谷光照　一九三五年　「唐代佛教の儀禮――特に法會に就いて（一）」『史学雑誌』第四十六編第十号所収、史学会
荻美津夫　二〇〇七年　『古代中世音楽史の研究』吉川弘文館

影山尚之　二〇〇九年　「風流の系譜と万葉集―市原王を中心に―」『万葉集の今を考える』所収、新典社
京都府埋蔵文化財調査研究センター
――　二〇〇八年　「馬場南遺跡出土遺物記者発表資料」、同研究センター
――　二〇〇九年ａ　「馬場南遺跡現地説明会資料」、同研究センター
――　二〇〇九年ｂ　第百十二回埋蔵文化財セミナー資料『天平の貴族と万葉木簡』、同研究センター
栄原永遠男　二〇〇四年　「万葉集をめぐる仏教的環境―正倉院文書と万葉集―」『萬葉』第一八七号所収、萬葉学会
――　二〇〇七年　「木簡として見た歌木簡」『美夫君志』第七十五号所収、美夫君志会
――　二〇〇八年　「歌木簡の実態とその機能」『木簡研究』第三十号所収、木簡学会
桜井　満　二〇〇〇年　「宮廷伶人の系譜」『桜井満著作集　第二巻　柿本人麻呂論』所収、初出一九七七年、おうふう
竹本　晃　二〇〇九年　「万葉歌木簡一考―あさなぎ木簡―」『万葉古代学研究所年報』第七号所収、同研究所
辰巳正明　一九九七年　「仏教と詩学――維摩講仏前唱歌について」『万葉集と比較詩学』所収、おうふう
土橋　誠　一九八九年　「維摩会に関する基礎的考察」直木孝次郎先生古希記念会編『古代史論集　下』所収、塙書房
中西　進　一九六八年　「古情の詩」『万葉史の研究』所収、桜楓社
北條朝彦　二〇〇四年　「「市原王」考」水野柳太郎編『日本古代の史料と制度』所収、岩田書院
義江彰夫　一九七八年　「儀制令春時祭田条の一考察」井上光貞博士還暦記念会編『古代史論叢』中巻所収、吉川弘文館

【参考】

書き下し文

秋萩《あきはぎ》の
下葉もみちぬ
あらたまの
月の経《へ》ぬれば
風を疾《いた》みかも

釈義

秋萩の
下葉はもみじになったよ――
（あらたまの）
月を経たのでね
風が激しくなってきたからかなぁ

（巻十の二二〇五）

語釈

○秋萩の　秋を代表する花で、山野の萩を自分の家の庭に移植して育てることが、万葉の時代にすでに行われていた。
○下葉もみちぬ　古代には、紅葉するという意味の「モミツ」という動詞があった。「モミツ」に「赤」の字を用いた例が、『万葉集』には二例ある。
○あらたまの　月にかかる枕詞。
○月の経ぬれば　月を経たので、という意味。秋が時とともに深まってゆくことを含意している。
○風を疾みかも　いわゆる「AヲBミ」の形式で、「AがBなので」「AがBだから」と訳すべきところ。「カモ」は詠嘆を込めながら疑問の意を表していると考えられる。「風が激しいからかなぁ」という意味となる。

原文

秋芽子乃　下葉赤　荒玉乃　月之歴去者　風疾鴨

訳文

秋萩の下葉が色づいたことだ。（あらたまの）月を経たので、風が荒いからなのだろうか。

【写真・資料提供】

本文中［写真1］～［写真4］及び22ページ地図＝財団法人京都府埋蔵文化財調査研究センター。

課外活動1

芸術鑑賞 オペラ『蝶々夫人』に挑戦！……………

上野 誠

古都・奈良にあるN大学では、毎年学外授業というものが行われる。これは各ゼミナール単位で、見学会や鑑賞会、観劇会を学外で行うものである。N大学の国文学科といえば、ハンサムなU教授の『万葉集』の講義が名物で、人気の万葉ゼミナールもある。今年の万葉ゼミの学外研修は、なんと洋物。それも、オペラ。オペラ『蝶々夫人』であった。U教授には、オペラの原作と脚本の作品もあるのだが、本職は、やはり万葉研究。学生は不思議な顔をして、A市のホールにやって来た。「先生、私オペラに着て行けるようなドレス持っていないんですが……」という女子学生もいた。もちろん、U教授は「ジーンズでいいじゃないか」と答える。当日は、『万葉集』を離れ、興味津々でゼミ生一同のオペラ鑑賞会となった。

ここで、簡単に、当日彼らの見たオペラ『蝶々夫人』の演出に沿って、物語を確認しておこう。

第一幕

このオペラの舞台は、十九世紀末の長崎。明治の長崎には多くの外国艦船が寄港していた。そこに、アメリカ人海軍士官ピンカートンがやって来る。誰もが憧れる海軍士官で、ハンサムな男だ。長崎にやって来る外国人に現地妻を斡旋するゴローの紹介で、ピンカートンも、ご多分に漏れず芸者・蝶々さんと結婚することになる。結婚とはいっても、一時的な気晴らしだとピンカートンは考えていた。ところが、蝶々さんは、ピンカートンを真剣に愛してしまう。現地妻だから捨てられるということは知っていたはずなのだが、ピンカートンに限ってそんなことはないと考えているようなのだ。ピンカートンの良き友人、アメリカ領事のシャープレスは、ピンカートンの安易な結婚に警告を発するが、異国の婚礼習俗にも心惹かれるピンカートンは、結婚式を挙行する。

花嫁姿となった蝶々さんを皆は祝福にやって来る。ところが、披露宴に蝶々さんの伯父の、僧侶のボンゾがやって来る。ボンゾは、お前は日本の神仏、祖先、そして血縁、地縁の縁者を裏切ったのだと、蝶々さんをさんざん詰《なじ》る。そして、ついには絶縁を言い渡す。蝶々さんは、祝福されざる結婚の今後を思い苦悩するが、ピンカートンの愛を信じ、ピンカートン夫人になると決意する。こうして、婚礼の儀を終えた二人は喜びの初夜を迎える。

第二幕第一部

ピンカートンは、そんな蝶々さんの気持ちを知りつつも、アメリカに帰国。三年という歳月が流れる。一方、蝶々さんはといえば、ピンカートンの帰りを信じてひたすら待ち続ける。その姿は、痛々しいばかり。ただ、蝶々夫人に仕える婆やのスズキは知っていた。再び現地妻のもとに男が帰って来ることなどあり得ないということを。金満家と愛人を取り持つ周旋屋のゴローは、蝶々さんをヤマドリという金持と結婚させ、また一儲けしようと企むが、蝶々さんはピンカートンの愛を信じようとする。ピンカートンの手紙を携えたシャープレスが、そんな折やって来る。手紙の内容は態《てい》の良い縁切り状だった。シャープレスは、縁切り状の内容を伝えようとするのだが、ピンカートンの手紙というだけで蝶々さんは上の空だ。とうとうシャープレスは手紙をすべて伝えず、蝶々さんにピンカートンと別れるように説得を試みるが、なんとピンカートンとの間に可愛い男の子がいたのだ。こうなるとどうしようもない。

ようやくシャープレスは蝶々さんに、あなたのもとにはピンカートンは戻らないと伝えるのだが、その時、船の入港を告げる大砲の音が響き渡る。ピンカートンの船、アブラハム・リンカーン号が長崎に帰って来たのだ。狂喜した蝶々さんはスズキとともにピンカートンを迎える準備をいそいそと始める。蝶々さんは婚礼の日の打掛けまで着て、ピンカートンを夜通し待つ。愛する人との再会を前に、喜び、そして恥じらう蝶々さん。しかし、ピンカートンはやって来ない。

新国立劇場　高校生のためのオペラ鑑賞教室・関西公演「蝶々夫人」(2010 年)
撮影：三枝近志

第二幕第二部

とうとう夜が明けた。待ちわびて疲れ果てた蝶々さんが自室に戻ると、そこへシャープレスに伴われたピンカートンが訪れる。ピンカートンは、蝶々さんに真実を告げてほしいとスズキに頼み込む。気配に気づいた蝶々さんは、ついにピンカートンの妻ケートを見てしまう。やはり、ピンカートンの結婚は気晴らしだったのだ。子供の教育のため、男の子を引き取りたいというピンカートン夫妻の意志を伝えられると、蝶々さんは、ついに重大な決意をする。子供を引き渡そうと。そして、この悲劇はクライマックスを迎える。蝶々さんは父の形見の短刀で自殺してしまうのだ。

そして、オペラは大拍手のなか終幕を迎えた。今年の学外研修会も無事に終了した。U教授は帰り道、二十名の学生に、薄給のなかから泣く泣くお茶をごちそうすることにして、オペラ『蝶々夫人』を見た印象を語ってもらうことにした。U教授としては、やはり学外授業といえども、ゼミナール活動の一環なので、熱くオペラについて語り合ってほしかったのである。

教授　今日、プッチーニの名作を皆さんといっしょに観劇することができてよかったと思います。

学生1　ありがとうございました。すばらしかったです。

教授　そうだろう。やはり名作だ。

学生2　名作はやはりすばらしいですね。

学生3　私もすばらしいと思いました。

学生4　ほんとうにすばらしい。

学生5　これからも、もっとオペラを見たいと思います。
教授　皆さんも、国文学科の学生なんだから、分野を問わず多くの芸術に触れる必要がありますね。
学生6　はい！
学生7　私も、そう思います。
教授　よろしい！　今日は散会します。

U教授は、今年の学外研修をオペラの観劇にしたことは成功だったと満足げだ。二十名においても、茶をごちそうしたことは懐に響いたが、学生たちの生き生きとした表情を見ると、これも教育者冥利に尽きると、上々の機嫌で家路を急いだのであった。

U教授が学生たちより一足早く喫茶店を出ると、女子学生の仲良しグループのアヤネ・ユキエ・フミカ・ミサキの四人の女子学生の大放談会がはじまった。U教授は、そんなこととは何も知らない……。

ミサキ　私たちが、ああ言ったから、U先生、上機嫌でよかったね。
フミカ　先生が機嫌よく帰ってくれて、めでたし、めでたし。
ユキエ　たしかに、私たち先生のことを思って褒めてあげたけど、名作だから褒めときゃいいというのはよくないよね。
アヤネ　たしかに感動はしたよ。よかった。でも、どっかむずがゆい……。なんなのかなぁ。これって。

フミカ　それって、どういうこと。違和感ということ？

アヤネ　違和感だよね……。

ミサキ　だったら、どこに違和感を感じたか教えてよ。

アヤネ　ワタシ関西人でしょ。だから、あの初夜のシーンは、まどろっこしくてダメナノヨ。

ミサキ　ムードあってよかったと思うけど。

アヤネ　私だったら、横からハリセン持って来て、はよう、チューしいや！　あんたら、いつまでモタモタすんのんって後頭部ぶったたく。

フミカ　でも、観客に、いつ二人は結ばれるかとドキドキさせるのが、プッチーニたちのねらいだよ。

アヤネ　それはわかるで、わかるんやけど、スカンのよ。

ユキエ　さすが、アヤネェサン。わかるけど、スカンというのは私わかる。

アヤネ　わかるやろ。なっ、なっ。

フミカ　ところで、ピンカートンは、長崎にいた時はどの程度、蝶々さんを愛していたと思う？

ミサキ　作品では、気晴らしで結婚したとなっているから、もともと添い遂げる気はないよね。

フミカ　そうかなぁー。やっぱし、長崎ではピンカートンは、蝶々夫人を愛していたと思いたいよ。長崎では一番だけど、アメリカでは二番になったんじゃないの。

アヤネ　それって、日本の彼氏と、留学先の彼氏は別で、同時並行アリという考え方？

フミカ　そういわれれば、そうかもしれないけど、私はピンカートンの長崎での愛は信じたい。

ミサキ　それは、フミカの願望で、そんなもんを作品解釈に持ち込んではダメでしょうよ。

フミカ　ピンカートンは、自分が十五歳の芸者の運命を変えてしまったことを、悲しんでいるよ。第一、この作品名の『蝶々夫人』の「蝶」は、野にある蝶を籠に捕らえることは、蝶の命を失うことだということを表象してるんでしょ。

アヤネ　ダメ、ダメ。フミカ、アンタそりゃお人よし。そんなんじゃあ、この平成の世の中を生きてゆけんて。これから、ビンタしたるから夢から覚めや！

ユキエ　私も、アヤネさんに同感。アメリカから奥さんのケートを連れて来てさぁ、奥さんを蝶々さんのところに行かせて、自分は陰で見ているなんて、最低の男だと思うよ。

ミサキ　私の考えは、分析的すぎてよくないかもしれないけど。ピンカートンが、蝶々夫人の前に現れなかったのは、辛すぎたからだと思うし、蝶々夫人をこれ以上苦しめたくなかったからだと思う。

アヤネ　ダメ、ダメ、ダメ……。フミカもミサキも、どうして男目線なんかなぁ～。あんたら、今ピンカートンいたら、いちころやろ。アカン、アカンて。

ユキエ　ピンカートンに甘い。

ミサキ　男に甘い。

ユキエ　アヤネさん。だったら、あの短刀でピンカートンを刺して、自分も死ぬというストーリー展開はあり得たと思う？

アヤネ　……。

ミサキ　どうなの！

アヤネ　いや、それはない。それでは物語が崩れる。

ミサキ　おかしい、おかしい！　アヤネさんおかしいよ。絶対、考え方が矛盾してる。アヤネ

さんとユキエさんは、ピンカートンがアカンタレ（ダメ男）やということ言いたいんでしょ。だったら、蝶々夫人が死ぬのはおかしい。アヤネさんの考え方だと、ピンカートンが責められるべきだというところに結論は落ち着くべきじゃないの？

アヤネ　たしかに、ピンカートンは送金もせず、責任もとらんアカンタレや。それでも、蝶々夫人にピンカートンを刺してほしくはない……。

ユキエ　私は、ピンカートンは刺されなくてもいいけど、何かの償いをすべきやと思う。これでは、一方的すぎるよ。蝶々夫人は、何も悪くないよ。

アヤネ　でもね。たぶん。物語としては、原作のままが一番いいよ。私はピンカートンを許さんけど。物語としては美しい。

ミサキ　その物語の美しさって何？　私ぜんぜんわからないんだけど。

アヤネ　東洋の小国の気高き女の魂を、このオペラでは描いているんやろ。

ユキエ　だから、没落士族の娘。

アヤネ　そこにこの物語のロマンがあるんじゃないの。だから、蝶々夫人は、あの白無垢のような心を最後まで貫いてほしい。

フミカ　アヤネさん、それって極端に理想化された蝶々夫人像よ。アヤネさんこそ、リアリティーのないロマンチストよ。十五歳でも、芸者よ。自分が捨てられると知らなかったなんてありえない。よしんば、添い遂げられると信じていたとしたら、能天気もいいところ。アヤネさんこそわかってない。

一同、大笑いしながらアヤネを見る。

ミサキ　ひょっとして、蝶々夫人の貞淑さとか、義に生きて男に尽くす生き方って、西洋人が極端に東洋を理想化したものなんじゃないの？

フミカ　それを平成に生きるアヤネさんが継ぐ必要なんてないよ。

ミサキ　ピンカートン討つべし。立ち上がれ女たち！

アヤネ　あんたら、はっきりいってモノガタリの筋立ちゅうもんがようわかっとらんよ。蝶々さんが気高く生きんかったら、悲劇にならんやないの！

これから、五分ほど押し問答が続き、話題が変わる。

ユキエ　私ね。蝶々夫人が子供の前で自尽したことが気になる。

アヤネ　あれって、一つの切腹だね。父譲りの短刀というのが、蝶々さんの自尽のシーンで生きてくるのだよ思うよ。

ユキエ　しかも、蝶々さんの自尽のシーンの今回の照明では、蝶々さんは四角いライトの中に浮かび上がるように演出されていたね。

フミカ　なるほど、籠の中の蝶。はかなき命のイメージ。たしかに、自尽する時に短刀を振り上げた時に、私には着物の袖が蝶に見えた。

アヤネ　このオペラのクライマックスは、蝶々夫人の自尽なんだけど。ユキエは、子供の将来のことを考えたわけ。

ユキエ　そう。それから、どうなるかなぁーと思って。

ミサキ　それは、文学研究の禁じ手じゃないの。原作はそこで終っている。そこで終っていることに意味があるんだよ。

ユキエ　あなた。U先生みたいなこと言うよね。あの先生、いつも文学研究方法とかいうもんね。U教授は、自分じゃ理論派と思っているらしいよ。でも、物語の続きを考える権利は、誰にでもあると思うよ。

アヤネ　よし、ユキエ、あなたの考えを聞かせて……。

ユキエ　五パターン考えた。

ミサキ　五つも！

ユキエ　①蝶々の息子は母親（蝶々）が自害するところを見てしまったので、ピンカートンやケートが母を殺したのだという念が消えない。しかし、育ててもらった恩もあり、自分の中で悪（仇を討つ）と善（幸せに暮らしたい）が入り混じった状態に苦しみ自尽してしまう。

②ピンカートンとケートを殺して自分も死ぬ。

③ピンカートン（母親を捨てた男）だけ殺害。

④自分にもピンカートンの血が流れているので同じことをしてしまう（一人の女性を愛したせいで誰かを死なせてしまう）ことを恐れて自害。

⑤ピンカートンは罪の意識に悩み自害。ケートもショックで死ぬ。それを蝶々の息子は母親（蝶々）のせいだと今は亡き蝶々を恨む。

一同、おーと拍手。

アヤネ　どのパターンがよいか。ひとりずつ意見を聞かせて……。

そこに、U教授が突然戻って来た。

ユキエ　先生、どうされたんですか。

教授　それがなぁ、傘を忘れたことに気付いた。おお、傘があってよかった。

ミサキ　忘れ物ですか。

教授　最近、物忘れが多くてね。ところで君ら、まだこんなところでねばっとったんか？

フミカ　私たち、皆、やっぱり名作はすばらしい。それにオペラ『蝶々夫人』は、大和なでしこの気高い心を表現した作品だと話していたんです。私たち、ほんとうに感動しましたから。

教授 そうだったのか。それは感心なことだ。あまり夜遅くならないように帰りなさいよ。

一同 ハイッ。

また、U教授は上機嫌で帰っていった。四人の放談会もこれで終わりとなり、一同はカラオケで朝まで大騒ぎとなった。ちなみに、四人のレポートには、名作を見た感動が書かれ、今回の観劇会の企画をしたU教授への謝辞が書かれていたので、評価は、全員A！ A評価をもらった四人は、異口同音にこういった。

「U教授って、ハンサムだけど、考えの浅い先生だね。私たちが機嫌をとっていることにぜんぜん気づいていないわ」と。

新国立劇場へ行こう！

今回U教授と国文科生が楽しんだオペラ『蝶々夫人』を主催した新国立劇場は、国内唯一の本格的オペラハウス「オペラパレス」と中劇場、小劇場を有する現代舞台芸術の殿堂です。オペラ・バレエ・コンテンポラリーダンス・演劇とシーズンで4ジャンル230公演を自主制作しています。新国立劇場には、25歳以下の青少年が舞台芸術により親しめるよう様々なサービスを提供する、特別優待プラン「アカデミック・プラン」http://www.nntt.jac.go.jp/academic/があり、割引でチケットを購入できたり、リハーサルを見学できたりします。また、公演後に劇場設備を見学できるバックステージツアーやスタッフやキャストによるトークイベントなど、オペラが身近になるさまざまな催しが行われています。

2限目

中古文学講義

神野藤昭夫

この授業では……

『源氏物語』が、世界の数多くの言語に翻訳され、読まれていること、君たちの想像を越えるものがあると思う。それも衝撃力をもつ作品として読まれているらしい。君たちにもたんなるおベンキョウではなく、『源氏物語』の〈文学の力〉と出会って欲しい。『源氏物語』の世界の壮大なスケールと内面的な深さを語って、君たちを出会いの旅へと誘惑すること。それが、今日の講義の内容、そして目的だね。

担当教員：神野藤昭夫（かんのとう・あきお）プロフィール

一九四三年東京都生まれ。記憶が始まるのは戦後の貧しい風景からだから、いつのまにかジイサン。しかし、記憶力はともかく、ロウジンには、繊細な感受性と幅広い展望力があることを知っているかな。だから、物語の研究から勉強を始めたが、今は大きく風呂敷を広げて「日本文学が専門」と言ってみたい。そういうひと。

メッセージ

文学は、人間が豊かに生きる源泉。その読者であることから、さらにその学問の森に分け入ることは、人と人が生み出した〈知〉の歴史に、君たちも連なることだ。足もとをしっかり固めながら、目をあげて遥かとおく、過去から未来を眺めよう。

世界の『源氏物語』から『源氏物語』の世界へ

世界の中の『源氏物語』

今日は、『源氏物語』について、話をすることにしよう。テーマは〈世界の『源氏物語』から『源氏物語』の世界へ〉。君たちを挑発して、『源氏物語』をちゃんと読んでみようという気にさせようとするところに、今日の講義の狙いがある。

最初は、世界の中の『源氏物語』の話題だ。『源氏物語』が、世界でどれくらい読まれているか、知っているかな。どれくらいの文字言語に翻訳されて出版されているかだね。

最新の情報（伊藤鉄也「賀茂街道から2」http://genjiito.blog.eonet.jp/）によると、二七種類の文字言語に翻訳されているというからびっくりじゃないか。さらに四種類の言語での翻訳が進んでいるそうだ。もちろん一つの文字言語に複数の翻訳がある場合だってあるから、翻訳数でいうともっと増えることになる。現に訳し直しが進んでいる例もある。

『源氏物語』がスペイン語やアラビア語で読まれている光景なんか想像すると、不思議な気がしないか。

なかにはテルグ語訳なんてものもあるらしい。テルグ語？　さっそく電子辞書で調べてるね。「あった？」「ない？」　そう、『広辞苑』などにも出てこないんだ。テルグ語というのは、インド南東部にあるアンドラプラデーシュ州の公用語。この言語を使う人たちは五千万人とも八千万人ともいう。そういうところで読む『源氏物語』は、どんなふうな感じで受けとめられているのかなあ。

もっともこれらの文字言語への翻訳のすべてが、『源氏物語』の原典から翻訳されたものとはいいがたいし、すべてが訳出されているわけでもないことは言い添えておかなければならない。

『英訳源氏物語』の衝撃

それにしても、世界で『源氏物語』がどうしてそんなに流布しているかというと、それは、アーサー・ウェイリー（Arthur Waley　一八八九〜一九六六）の英訳のおかげによるところが大きい。彼の『英訳源氏物語』（The Tale of Genji　一九二五〜三三）が、すばらしい翻訳だったらしい。翻訳というより、翻訳じたいが二十世紀のすぐれた英文学であると言うのが、平川祐弘さんの主張だ（『アーサー・ウェイリー　『源氏物語』の翻訳者』　白水社　二〇〇八）。

千年もまえの極東の王国で生まれたもの珍しい長編小説、なんてレベルじゃなくて、二十世紀の同時代の文学にインパクトを与える文学として受けとめられたらしいんだ。その心理主義的な小説の側面、長大な物語の底を流れる時間、人間存在の闇にかかわる深い叡知、そういうところに西欧の人たちは衝撃を受けたわけだろう。

それに、ウェイリーの訳が、教室でのキミョウな日本語の受験用現代語訳などとはちがって、時に省略、時にパラフレーズした、大胆にして魅力的かつ明晰な訳出のせいもあるだろう。

それで、ウェイリー訳を、ほかの言語圏に訳すというところから、日本人の知らないところで、『源氏物語』の国際化が始まったらしい。こういうふうに、翻訳をさらに翻訳することを重訳という。

翻訳だからとか、重訳だからといってバカにしちゃいけない。

仏教徒である日本人がありがたがってきた『法華経』、あの「南無妙法蓮華経」だって、クマラジュー（鳩摩羅什）―世界史で習ったろう。父はインド人、母は西域の亀茲《クチャ》国の王女―、彼がサンスクリット語、いわゆる梵《ぼん》語《ご》、古代インド語だね。それから中国語に翻訳したもの、つまり漢訳だね、それを日本人は訓読して日本語として読んできたわけだ。まあ重訳みたいな読み方をしていることになる。

いったい翻訳で読んだ外国文学の感動は、ニセモノだろうか。そんなことあるわけない。だから、海の向こうの人たちが『源氏物語』を翻訳で読んで感動することは大いにありうることじゃないか。

それにひきかえ、日本人は、『源氏物語』を頭でありがたがるばかりで、『源氏物語』を読んで感動したなんて人はあまりいないのじゃないかな。「感動！　この一冊『源氏物語』」なんていう人、ここにいるかい？

きっと、君たちも『源氏物語』はおベンキョウの対象。古典の時間に『源氏』に苦しめられ、それがトラウマになって敬して遠ざけている人生の先輩も、きっと少なくないと思うよ。じつは、日本人の方が、素直に『源氏物語』に向き合えないでいるのかもしれない。

どうだろう。ここで海の向こうの人たちの気分になってみちゃ。

こんな本が出ている。

佐復秀樹訳『ウェイリー版　源氏物語Ⅰ～Ⅳ』（平凡社　二〇〇八～〇九）

そう。アーサー・ウェイリーの英訳を日本語に翻訳したんだ。重訳だよね。英語圏以外の人たちが味わった『源氏物語』の魅力とウェイリー訳の個性を発見してみてはどうだろう。

やっぱり原文でなきゃ？　それはそうさ。でもね。そう思うばかりで、味わってみないことにゃ始まらない。

世界の人たちがどんな『源氏物語』発見をしているか。それを知って、それに対応できる僕たちの古典力をつけなきゃ、〈知〉の国際交流にならないよね。

日本人の知らない「源氏絵」人気

へぇー、『源氏物語』はこんな興味でも読まれているの！　という例をもうひとつあげてみようか。

フランスでは、ルネ・シフェール（Rene Sieffert 一九二三〜二〇〇四）という東洋学者による『仏訳源氏物語』（Le Dit du Genji 一九八八）が出ているのだけれど、最近、この翻訳を利用した豪華挿画三冊本（Le Dit du Genji illustre par la peinture traditionelle japonaise）が出たんだ。最初の豪華版は二〇〇七年の刊行だったかな。その広告を、紀伊国屋のパンフレットで見た時には、標準価格一一五、六一〇円（税込み）とあった。ユーロ高だったたし、取次のマージンも加わっていたんだろうが、フランス語も読めないのにベラボーな値段と思って、現物を見るまでもなく諦めた。しかし、フランスでは、その四七〇ユーロもする本三五〇〇部がわずか三カ月とかで売れたと聞いて大いに驚いた。手に入らないとなると、どんなものだったぐらいは見ておくのだったと悔しくなった。

幸い二〇〇八年秋にパリに行く機会があったんだ。そしたら、源氏物語千年紀を記念する普及版 (l'edition du millenaire 2008 DIANE DE SELLIER EDITEUR) が出たところで、パリの本屋に並んでた。

それを手に取って驚いた。ページを繰るごとに、さまざまな源氏絵、それもこれまで見たことのない図様のものまで、次々に出てくるんだ。全ページ大の写真が五二〇点。さらに細部を切り取ったり、クローズアップした図版が四五〇点も入っているという。全体で一二五六ページあるから、これは、翻訳に源氏絵を入れてみましたなんていうものじゃない。絵の方がメインで、たくさんの源氏絵に、翻訳をつけてみましたという感じ。本文も、絵を生かすためのレイアウトになっている。

もちろん買ったさ。普及版一五〇ユーロといってもバカにしちゃいけない。重さ六キロだからね。飛行機のエコノミークラスの重量制限が二十キロ。その三分の一ちかい重さだよ。ちなみに最初の版は、一〇・七キロというから驚異の重量だ。

しかし、それは物理的な重さだけじゃない。フランスにおける源氏物語文化の受容の重さというところがすごいところさ。

「源氏絵」というと、国宝『源氏物語絵巻』を連想して、それでおしまいという人も多いかもしれない。『源氏物語』は、絵画の世界に多くの題材を提供していて、それらは源氏絵とよばれる一大ジャンルをなしている。絵巻だけじゃなくて、屏風だとか扇面だとか。もちろん絵入の本にも。とくに江戸の浮世絵師たちはさまざまな趣向をこらして描いたから、『源氏物語』は文字テキストだけじゃなくて、絵を通じて権力者たちにとどまらず町人たちにも知られる文化になっていたんだね。そういう『源氏物語』に題材をとった源氏絵が、海外に多数流失している。この本には、これまで日本じゃその存在さえ広く知られていなかったものまで入っている。

びっくりだね。日本のアニメが世界では評価が高く、映画、テレビで幅広く見られている事情は、きっと君たちの方がくわしいよね。

フランスの源氏物語豪華挿画版なんかの登場も、二十一世紀のジャポニスムといったノリなんじゃないだろうか。

『源氏物語』が絵をとおして、新たな受容状況を生み出している。知らぬは日本人ばかりなりという光景だろうか。

三転、深化する『源氏物語』の世界区分

じゃあ、その『源氏物語』の世界って、どんなもの。ホントにすごいもの、どうスゴイものか？　って。

『源氏物語』を把握するには、いろいろな切り口があるから、視点をずらしただけで、世界が変わって見えたり、大きく俯瞰するか、逆に部分をクローズアップしてみるかで、とうぜん見え方がちがってくる。

国文科の演習の時間じゃ、多くの場合、一ページにも満たない部分を、なめるように検討する。諸伝本による本文の差異、解釈の諸説による相違、一語一語自分の理解を深めて、そこから発見できる自分なりの見方、そういう手続きをひとりひとり発表して、学問的基礎を経験的に学ぶわけだ。

でも、ここは講義だからね。少し大きくかまえて、俯瞰的な話をしよう。

『源氏物語』は、長い話だし、最初から作者が一貫した構想のもとに書いたわけではないだろう。『源氏物語』は、五十四帖あるわけだけど、そもそもこの順序で書いたわけではあるまいという説もある。途中から作者がかわっているという説もある。与謝野晶子などは、紫式部が書いたのは、「藤裏葉《ふじのうらは》」巻までで、あとは娘の大弐三位が書いたんだろうって言ってたりする。それはないでしょう。でも宇治十帖は、別人という説もある。この二説などはど

うだろうかと首を傾げるけれども、光源氏が亡くなって、本格的に宇治の物語が始まるまでの繋《つな》ぎのように見られている「匂兵部卿（匂宮《におうみや》）」「紅梅」「竹河」の三帖については、研究者のなかでも、紫式部の文章ではあるまいと疑いの目を持って見ている人がいる。

だから、首尾一貫した構想のもとになったなんてことは考えられないわけで、現在では、『源氏物語』は、大きくブロックにわけてこれを摑み、物語が語ろうとする意図がしだいに深化し変容してゆく、その様相を動的に捉えようとすることが多い。

僕も、こうした見方のうえに立って、僕流のアクセントをつけて、語ってみよう。

大きくブロックにわけてというのは、三部にわけてみる見方。はじめにこれを示すと次のとおり。

第一部　「桐壺」～「藤裏葉」

第二部　「若菜上」～「幻」

第三部　「匂宮」～「夢浮橋」

以下、順を追ってお喋りしよう。

〈源氏〉ってナニ？

まず、第一部の世界と主題をどう捉えるか、について、考えてみることにしよう。

ここでいきなり質問だが、『源氏物語』の「源氏」って、どういう意味だか説明できるかな？

桐壺帝が、高麗人《こまうど》の観相（人相判断）や日本流の観相である倭相《やまとそう》などをしてみて、源氏にした。「源氏になしたてまつるべくおぼしおきてたり」と出てくるって？

オースゴイ答えが返ってきた。そうなんだ。ここで問題になるのは、なんで「源氏にしたのか」ということと、最初の質問にもどって「源氏」ってなにということだね。

源氏にするって、臣下にするっていうことだ。平安の初めの頃、嵯峨天皇（七八六〜八四二、在位八〇九〜八二三）という天皇が登場する。たいへんな中国ファンで唐風化政策を押し進めて、唐風謳歌時代をつくった天皇。とても影響力の強かった天皇なんだが、この嵯峨天皇が、自分の皇子皇女の中から、主に母親の身分の低いものたちに、位を与えて臣下にするということを制度化したんだ。その時に与えた姓が「源」。これを賜姓《しせい》源氏という。

天皇家には、今だって姓がないの知ってるかい。今の皇后さまの『橋をかける　子供時代の読書の思い出』（すえもりブックス　一九九八）という本がベストセラーになって、本屋の店頭をにぎわしたことがある。あの本の著者名には、ただ「美智子」と書いてあるだけだ。

なんで姓がないんだって？　おやおやますます脱線させようってつもり。一般的には、姓を与える絶対者だったから、と説明するのが通説だ。姓を持っていたら相対的な存在になっちゃう、というわけだね。

つまり姓を与えられるのは、皇族から臣下になることを象徴的にあらわすことになるわけだけれども、そのとき「ミナモト」つまり水源は天皇家にあるんだよと、プライドの持てる姓にして他の氏族と別にしたというわけだ。

それから平安時代には歴代の天皇が皇子皇女たちを源氏にするようにしたというわけだ。どうしてそんなことをしたって？　それはだね。皇族にしておくと、皇室経済に負担がかかるし、皇族の子孫たちからすれば、出自は誇り高いけれど、だんだん自分たちも経済的に苦しくなってくる。位をもらって臣下になって官職についたほうがいい。そういう経済的な理由がある。それに、ミナモトをひとつにする臣下がいれば、他の氏族とちがって、皇室の支えになるとも考えたろうなあ。皇室の藩屏《はんぺい》というやつだね。実際の歴史のうえでは、平安初期の一世の源氏たちが天皇家の藩屏としての機能を果たしたとは評価できそうにないけれど。でも、そういう期待は内在していたと思うね。

オイオイ、もとに戻ろう。どこまで戻ればいいのだっけ。そうそう『源氏物語』の題名の意味するところの話題だった。

つまりだね。『源氏物語』っていうのは、天皇の子として生まれながら、源という姓を与えられて臣下にくだった皇子の物語、という意味なんだ。

君たちは、源平の合戦、あの源氏と平家の争いの方を連想してしまうかもしれないけれど、あちらは、こんなふうにして誕生した源氏の末裔たちの氏族集団としての名称なわけだね。鎌倉幕府を作った源頼朝などは、そのルーツ、水源をたどると清和天皇にゆきつく。清和源氏だね。

もういいだろう。『源氏物語』は、天皇つまり桐壺帝の皇子として生まれたけれど、皇族として生き残れる、もっと端的にいうと、将来東宮、皇太子となって次の天皇になる可能性を摘み取られて、臣下として生きなければならない、そういう不本意な人生を与えられた男の物語なんだ。

皇子として生まれながら、いわば臣下に貶《おとし》められた男が、どんなふうに自分の人生を切り開いてゆくか。どんなふうに栄華へと、サクセスあるいはリベンジの道を歩んでゆくことになるのか。そういう期待が、物語の最初のところで、大きく仕掛けられている、というわけだね。

桐壺更衣殺人事件から始まる仕掛け

光源氏というのは、この物語内の人びとが、このひとを褒めそやしての呼称。光り輝く源氏の君といったところ。

そういう光源氏の運命設定が第一の仕掛け。

それにもうひとつ第二の仕掛けがある。

それは彼が、早くに母を失うこと。しかも、その母は、身分こそ大臣クラスの娘には及ばなかったけれども、帝が並はずれた愛情をそそぐ存在だったんだ。

桐壺更衣殺人事件というのを知ってるかい。桐壺更衣は、病弱で死んだんじゃない。殺されたといってもいい。で、犯人は誰？

突拍子もない話に面食らったようだね。話の展開について来られないかなあ。真犯人は、そう桐壺帝。

なんでだって？

『源氏物語』は、熾烈《しれつ》な后の座を争うところから、物語が始まる。『源氏物語』の冒頭の文章を暗誦できるかい？　言ってごらん。

いづれの御時にか、女御、更衣あまたさぶらひたまひけるなかに、いとやむごとなき際《きは》にはあらぬが、すぐれてときめきたまふありけり。

そうだね。結構です。女御とか更衣とは、天皇の妃としての地位。「やむごとなき」身分というのは、父親が大臣クラスとみていい。その娘たちは、まず入内するとたいてい女御になれる。桐壺更衣のお父さんは、按察使《あぜち》大納言。官職のランクでいうと、大臣のすぐ下が大納言なんだけれども、大臣と大納言との間には、みえないハードルがある。大納言の娘は女御より一階下の更衣という身分になる。スタートラインがちがうんだね。

じつはこの帝には、中宮という正妃としてのポジションに誰がすわるかまだ決まっていないらしい。そこから正妃の座をめぐって、激しい后争いが起こることにもなる。

この時代は、天皇の正妃となり、皇子を生み、その皇子が東宮から帝への道を歩むことで、娘を入内させた家は、外戚（母方の親族）として権勢を振るうという権力構図になっていた。藤原氏が確立した摂関政治の内実は、こういうミウチ政治でもあったわけで、『源氏物語』もまた、そういう歴史的現実に立脚して物語世界をえがきだしている。

だから、女たちは、権力確保の重要な武器となる存在であったことになる。となると、男たる帝も、入内してくる女たちの背後の力に気を使いつつ、上手に愛情をふり分けてゆかなくちゃならない。

ひとりの女性にばかり愛情を注いじゃだめ。まして、その女性のバックが弱いとしたら——現に桐壺更衣の父親は、娘の入内に将来の夢を託しつつ、すでに世を去っている。ところが、桐壺帝は、そういう後楯のない桐壺更衣にのめり込む。愛情が政治的混乱を巻き起こしかねない状況を孕《はら》むことになる。

物語は語り始めるやいなや、こういう愛情の傾け方が、中国でも世の乱れを引き起こしたのだからと、『長恨歌《ちょうごんか》』に語られる玄宗皇帝と楊貴妃の物語を想起させている。

玄宗皇帝の楊貴妃への並はずれた愛情、それが結局のところ、楊貴妃を殺すことになる。それと同じ。桐壺帝の並はずれた愛情が、桐壺更衣を殺すことになる。きわめて人間的な感情が、残酷な結果を招く。そういう事態を招来したのは誰か。それは帝だ。

ちょっと飛躍があるけれどさ。これを事件としてながめ、その真犯人を透視してみるとそんなふうにみえてこないか。

その結果、いちばん悲しむのは、犯人の帝じしん。悲劇的だね。彼は、深い喪失を抱くことになる。

そして、その喪失を、光源氏も受け継ぐことになるわけだ。

帝は、その喪失を、やがて藤壺という高貴な女性を迎えることで癒してゆく。

光源氏の方は、父帝と共有する喪失を、どのようにして埋めていったらよいのか。

ここに第二の仕掛けがある。

光源氏は、この藤壺に心を寄せてゆくわけだ。母の喪失から始まる渇望を癒すためのかなわぬ藤壺への思いから始まる、女たちとの恋の物語の仕掛け。

この恋と栄華という二つの仕掛けがクロスしながら、物語が立ち上がってゆくところに、『源氏物語』の大骨格があるとみていい。

つまりだね。臣下に落ちた光源氏が、どうやって栄華ににじり寄ってゆくか。そういう物語の最初の大骨格がある。その栄華達成の頂点が「藤裏葉」という巻だ。

光源氏は、来年四十になろうという年。当時は老境。四十賀というお祝いに、帝以下、世をあげての支度が進められる。その秋に、光源氏は「太上天皇になずらふ御位」を得る。太上天皇というのは、皇位を譲った天皇に対する尊称。「なずらふ」というのは准ずるということ。同等の扱いにするというわけだ。人臣である光源氏は、太上天皇そのものにはなりえない。だから「なずらふ」なのだが、もちろん現実の歴史上にもこんな例はない。ここが物語の世界らしいといえばいえるけれども、『源氏物語』の秘密の根幹にかかわるすごいところだ。

天皇の子として生まれたものの臣下になって、天皇の位から遠く放たれたはずの人間が、ブーメランのように大きく人生を転回させて、天皇の位についたのと同じ身分になっちゃう。栄華の頂点に立つということになる。

そして、光源氏の住む六条院に、時の帝（冷泉帝）とともに前の帝であった朱雀院が行幸する。

とくに朱雀院は自分の御代には、こういう華やかな紅葉の賀宴を催すことはできなかったと述懐する。朱雀院が帝であった時代に、光源氏は苦境に陥り、須磨・明石に退去の日々を送っていたわけだった。いわば光源氏を追いやった時代の帝が、今、光源氏のもとに訪れているわけで、みやびに隠された残酷なまでの権力構図の交代劇が底に秘められてもいるわけだね。

「桐壺」巻から始まる物語は、この「藤裏葉」巻でひとつの区切りを迎えているとみていいだろう。まあ、『源氏物語』の読者の多くが了解するところではあろうけれども。

王権簒奪《さんだつ》の秘密の恋

光ると讃えられた光源氏の超人性というか英雄性がこうした運命を切り開かせたのだろうけれども、英雄性には女性の存在がつきものだ。女性が関わらなくちゃ英雄になれないと言ってもいいかもしれないからね。

彼の運命を切り開く大いなる役を果たすことになるのが、第二の仕掛けの方だ。

喪失から始まった光源氏の運命の、その喪失を埋める根源的存在として、藤壺がいる。藤壺への思慕は、宿命的、原点的なんだね。やがてふたりの間に、秘密の皇子が誕生する。そうした契りがあったところで、光源氏の心は癒されはしない。それが紫の上の登場を促すし、その渇望は彼の人生の重奏低音として、生涯にわたって暗部で響き続けることになる。

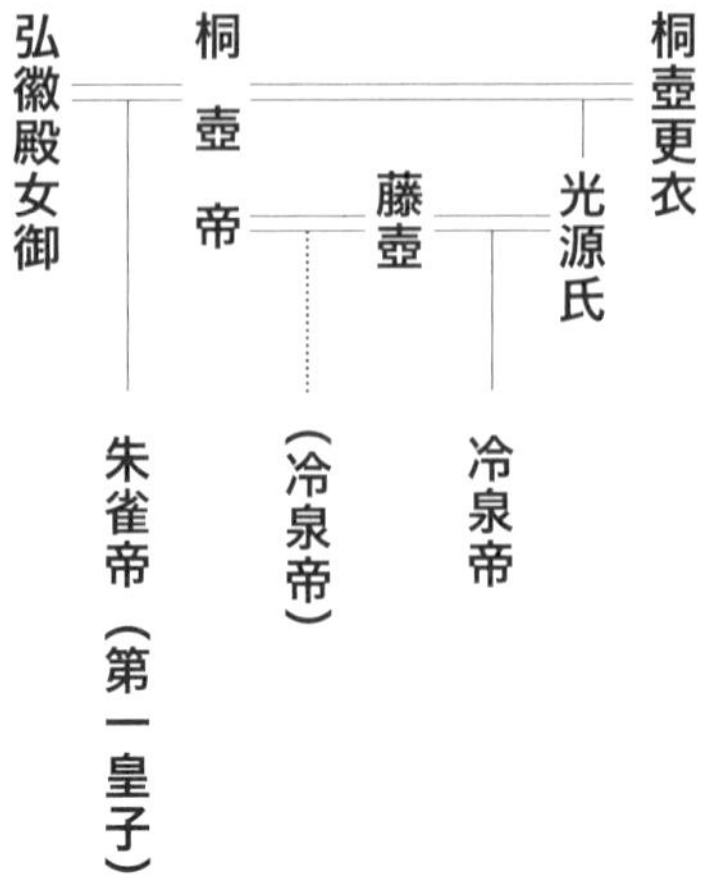

そういう光源氏と藤壺は、相思相愛だったか？　って二人の愛情関係を疑う説がある。一般的に二人の間には、心の通い合いがあったとみるし、僕もそう思うけれど、こちらのそう

であってほしいという期待も入り込んでいるかもしれない。

このへんのところを冷静に判断してみると、どう考えても、光源氏の思慕の強さの方が圧倒的に大きいからね。確かに、母の不在の代替としての藤壺路線で、二人の関係を読むと、マザーコンプレックスに裏付けられた不倫のようにみえてくるけれども、もう一方で、栄華達成の物語路線との絡みでみてゆくと、別の見方が出てくる。

それは、相手は、帝の后だということ。光源氏は、帝の后を犯すことになるわけだね。ここがだいじなところだ。そしてその皇子が、秘密のままに成人し、皇太子から帝（冷泉帝）になるわけだ。

そして、帝が自分の出生の秘密を知る時が来る。

それは、藤壺の亡くなったのち、その秘密を知る夜居《よい》の僧が、冷泉帝に事の真相をひそかに奏上するからだ。

壮大な想像力を培った〈知〉の基盤

このへんは、物語としては綱渡りのような危うさがあるけれども、この危うさがこの物語を大きな構造物に立ち上がらせてくれるわけだ。しかも見様によっては、国家を危うくするほどおそろしい思念が内在していることになる。

いわば臣下に下されて、一敗地にまみれた人間が、帝の后に近づくことよって、復讐の野心を実現してゆく、そういう物語構図が読みとれるからだ。もちろん『源氏物語』では、「一敗地にまみれた」光源氏の姿を生々しくえがくことや「復讐の野心」に燃える心中をえがくことをあからさまな主題としてかたってはいないさ。でも、そういう物語の枠組みを隠し持つことで物語世界が立体化されているわけで、そういう物語を構想する想像力というのがすごいじゃないか。

おそるべし紫式部。こんな想像力、几帳《きちょう》の陰で「かな（女手）」で書かれた物語群をいかにたくさん読み耽っていたって、生まれて来るものじゃないだろう。もっと豊かでしたたかな教養基盤がバックグランドにあることを想定してみなければダメだと思うね。それはどんなものだと思う？

そうだよなあ。中国の漢籍によって養われた、たんなる知識ではない知的地力があったんじゃないかな。彼女の漢文読解力、味読力は、お父さんの藤原為時に手ほどきを受けて、これはそうとうな実力があったって思うね。『史記』を初めとする中国の歴史書には、こういう王権簒奪《さんだつ》のドラマは、たくさん出てくるから、こういう発想じたいが、中国仕込みなんじゃないだろうか。

なにがモデルだって？　いやいや、僕の考えているのは、具体的にこれがモデルだなんて絞り込むんじゃなくて、なんていうかなぁ、彼女の作家的な想像力を養う背景というかな、発想力みたいなものを大きく捉えてみたいと思っているんだ。もちろん、そういう具体例の積み重ねを示すことが学問的にはだいじなことだ。だから、それは、先生の夢想でしょう。学問的厳密さに欠けるんじゃないですか、と評されれば、まことにごもっとも。失礼しました、ということになるわけなんだが。

でもなあ、彼女の〈知〉の基盤がどこから、どんなふうに養われやって来るものなのか、これはどうしても考えてみたくなるじゃないか。

もう半世紀近くも前のことになるが、阿部秋生という源氏学者が、平安時代の知的基盤にある〈叡山《えいざん》の思考〉というものに注目していたことを思い出すね。

後に、紫式部の思考の背後には、仏教の三周説法の論理が生きているということを論じて、「帚木」巻の「雨夜の品定め」で知られるくだりとか、「蛍」巻の物語論のところなんかに着目していたと記憶しているけれど、そういうことも含めて考えてみなくちゃいけないことだと思うね。

三周説法ってどういうことって？

『法華経』では、一般論である法理が説かれ、ついでたとえ話（譬喩）が持ち出され、それが具体的な話（因縁）につながる。そういう説法のしかたになっている。それが三周説法だね。

そういう説法の論理をふまえているから、みんながわかって感動する物語になっているというわけ。古く、室町時代の一条兼良（一四〇二〜一四八一）という大学者が書いた『花鳥余情《かちょうよせい》』という注釈書がすでに、「帚木」巻はそういう構造になっていることを説いている。「蛍」巻の物語論のところなどもそういう論理構造が認められる。そういう思考方法を身につけていたということだね。

僕の場合には、夢想のレベルみたいなものだけれど、そういう知的教養基盤を大きく想定してみる必要があるのじゃないだろうか。

ダークチェンジする物語世界

第二部の話に移ろうか。

光源氏が栄華の頂点にたつ「藤裏葉」巻は、たしかに物語の分水嶺だし、光源氏の人生の分水嶺でもある。

めでたく四十を迎えるはずの齢、巻でいうと「若菜上」巻から、世界がしだいに暗転してゆくのさ。光源氏は、准太上天皇になったし、明石の君との間に生まれた明石の姫君は、時の東宮に入内し、やがて冷泉帝が退位すると、中宮になる。光源氏の栄華、勢望はいやますばかりといったところだ。世間からみたら、それは輝かしいさ。でもなあ。物語の焦点は光源氏の統《す》べる六条院の栄華の世界に生きる人びと、一人ひとりの心の問題に光があてられるようになってくるんだ。

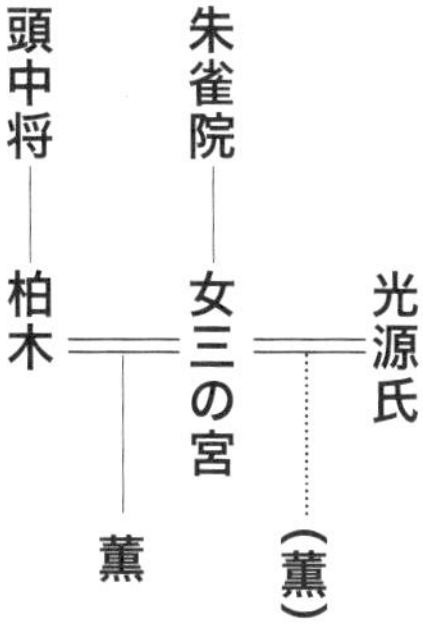

光源氏は、前の帝で、兄にあたる朱雀院が特別にかわいがっている女三の宮という皇女を迎えとることになる。腹違いと言ったって兄さんの娘。年齢だって、離れている。エーと女三の宮が物語に登場してきた時には「そのほど御年十三四ばかりにおはす」とあった。その翌春に六条院に輿入れするわけだ。年齢十四五、光源氏との年の差二十五六ということになるかなあ。今なら、親子ほど離れた年の差結婚というわけで、週刊誌やテレビのワイド

ショーの格好の話題になりそうなところだね。

こういう場合の親心はどんなもんだろうなと、世間の人たちは思うところだが、ここでは、むしろ父親朱雀院の意向が働いている。朱雀院は、出家をしようと思っている。しかし、まだ幼さを残した女三の宮が気がかりでならない。彼女の母親（藤壺女御）はすでに亡くなっていて、しかも彼女には庇護してくれるバックがない。それで、朱雀院は、光源氏が幼い日から愛育して、今や六条院における輝ける妻の座にある紫の上のことを思う。光源氏が、あんなふうに娘の行く末を面倒みてくれたらと思うわけだ。

世間からみれば、女三の宮が光源氏の妻になることは、光源氏の存在、権威を高め輝かせることにほかならない。なにしろ前の帝の娘が、いわば入内にひとしい輿入れをするわけだから。

でも、光源氏だって、ホイホイ女三の宮を迎えとったわけじゃない。長年、連れ添った紫の上がいるし、他の女性たちもいて、ある意味で六条院の世界は安定調和の時期を迎えていたわけだからね。

じゃ、兄さんの懇願に押し切られたというわけ？　うん、まあ、そんなふうに朱雀院の顔をたててやるというか、そんな勝利者以外の何者でもない光源氏の姿を見てやってもいいが、じつは、ここでもまた藤壺の冥冥《めいめい》の力が働いていたわけじゃないか。光源氏にとって、藤壺体験は、彼の生涯を貫くトラウマのようなものであったかもしれない。

というのは、女三の宮のお母さんは、じつは藤壺の妹だったんだ（正確には腹違いだけど）。紫の上は、藤壺の兄さん（式部卿宮）の子。相似の関係にあることが持ち出されるわけだ。系図を示しておこう。

光源氏が、結局のところ、女三の宮を迎えとる根底には、この藤壺の姪であるという一点が最終決断を促したといっていい。自分の類まれな人生を切り開いてくれることになったひと（藤壺）との秘かな関係へのこだわりが、今、光源氏の判断を狂わせ、人生を踏み外させようとしている。運命なるかな。

しかしながら、女三の宮は、光源氏が心の底で期待したような存在じゃなかった。高貴ではあったけれども、幼いばかりの彼女は、六条院の世界の妻たち、とくに紫の上の心の平安を乱し、内攻させ、ついには病床に導くことになる。

凝視される〈個〉の内面

それればかりではない。女三の宮には、自分こそが妻にしたいと深く秘かに願い続けていた若者がいた。それが柏木という男だ。彼は、女三の宮が光源氏の妻となったのちもその慕情を捨てきれないでいたんだ。

そういう彼の幻想に決定的な火をつける時がやってくる。

それは、春のことだ。光源氏の息子である夕霧に誘われて、六条院で蹴鞠《けまり》をやっていた時のことだ。蹴鞠というのは、鹿革でつくった鞠を、リフティングしたり、アシストするというか、足でバレーボールをするというか、そういう遊びなんだが、たんにフィールドがあればいいというわけじゃない。周りに松だとか桜だとかが植えられているところがいい。鞠を蹴って、ちょっとした障害物ふうに横に伸びた木の枝と枝の間を越えることができるように、剪定したりしたらしい。そういう木を、たしか「かかりの木」といったと思うな。蹴鞠、おもしろそうだって。『蹴鞠の研究　公家鞠の成立』（渡辺融・桑山浩然　東京大学出版会一九九四）なんて本格的な本があるから、開いてみるといい。

そんなわけで、平安時代の若者がするには、けっこう、運動量のある遊びだったにちがいない。少しくたびれた柏木は、仲間からはずれて階《きざはし》にこしかけ眺めていた。場所は六条院の東面《ひがしおもて》。思いを寄せる女君がそば近くにいるかもしれないと思う柏木は、晴れやらぬ心を抱いてそれとなく眺めていたにちがいない。

と、その時、鞠がそれて寝殿のほうに跳んでゆく。驚いた猫が走り出た。平安時代の猫は、たいせつにされて紐で括られていたんだが、その紐が部屋の中がみえないように垂らしてあった御簾《みす》をまきあげちゃうんだ。

すると、端近のところにいる女の姿があらわになる。「あっ女三の宮さまだ」と柏木は思うわけ。もちろん、それまで、柏木は女三の宮の姿をみたことがあるわけじゃない。そこで問題です。柏木は、どうして佇《たたず》む女性が女三の宮とわかったのでしょうか？

むずかしいかな。じつは、原文には、こう書かれている。

袿姿《うちき》にて立ちたまへる人あり。

どうです？「袿姿」というのは、どんな衣装？さっそく電子辞書をみているね。なんて書いてある？読んでごらん。

「袿」は「内着」の意味だって。肌着である単《ひとえ》のうえに着る袷《あわせ》のこと、と書いてあるって。ヒトエというのは、フタエじゃなくて文字通り一枚の衣。アワセというのは裏地をつけた衣、まさにアワセだね。下着のうえに、このアワセを着るわけで、これがウチキ。これを重ね着することで体温調節をはかったわけだ。ウチキというのは、さらに上に着るものがあるってことだね。

誰か、「袿姿」を「くつろいだ姿」って言った人がいたね。宮仕えに出て、ご主人の前でくつろいじゃいけない。女房たちなら、ウチキなんかじゃいられないってことだ。ウチキのうえにウワギを着て、最後に上半身だけの唐衣《からぎぬ》に、裳《も》という腰の後ろだけを隠すようにしたものをつけて出るのが正装。それまでしなくたって唐衣のかわりに小袿《こうちぎ》ぐらい着てなくちゃならない。

そんな女房風情の姿とはちがうから、「あっ女三の宮だ」って、一瞬にしてわかったわけだ。その時から、柏木の思慕は、具体的な映像を核として深まるわけだ。彼に一瞬の幸運をもたらしてくれた唐猫を、手をつくして自分のものにして、愛玩の日々を送る。「ねうねう」と鳴いたと出てくる。名古屋大学の高橋亨先生は、昔は「ん」という音が「う」と表記される例が多くあることに注目して、この猫が「ね(寝)むね(寝)む」と鳴いたと読むべきだと言っていた。今では通説だろうけれども。柏木にとって、この猫は女三の宮の形代《かたしろ》つまり身代わりともいうべきもの。その猫が「寝む寝む」と鳴いている。それを抱きしめて可愛がったわけだから、柏木の常軌を逸するばかりの情念が伝わってくるじゃないか。

そういう情念の果てが女三の宮との密通につながってゆく。

でも柏木の前には、おどおどして柏木の一方的情念などうけとめるべくもない女がいるばかりだ。柏木は懇願する。「あはれとだにのたまはせよ」。彼は、逢うたび、手紙を出すたびに「あはれとだに」と口にする。「かわいそうにとだけでもおっしゃってください」というわけだ。可哀相な柏木。彼の恋心は一方的にからまわりするのみ。熱情をともにすることもできず、光源氏への恐懼《きょうく》の気持ちを抱き深めて、柏木は底無しの苦悩に落ち込んでゆく。

女三の宮に毅然とした態度をもとめるのはむりというもの。もとより柏木にやさしさをみせるにはいたらない。二人の間に心の交流はない。でも、少しは慎重な心のきかせようもあろうにと思うけれど、彼女は、うかつにも柏木から送られてきた手紙を光源氏に見つけられてしまうのだ。

そして、懐妊した女三の宮は、薫を出産する。

光源氏には、それがわが子でないことは明らかだとわかっている。だが、わが子として抱きとらねばならない。

無自覚のうちに、女三の宮は進退きわまって、出家へとわが姿をかえる。柏木は孤独の懊悩のすえに死んでゆく。

光源氏は、若き妻の密通も、その結果生まれた子どもがみずからの子でないことをも知りながら、世間的には輝かしい誕生としてこれを迎えなければならないわけだ。

かつて光源氏と心身をともにして全き理想的調和の関係にあった紫の上も、もはや光源氏に全幅の信頼をおいて安穏に生きてゆく身ではありえない。六条院世界における我が身のありかた、処し方をみずから判断して、謙抑《けんよく》的に生きてゆくほかない自分を自覚するようになっている。

世界は、ずいぶんと変わってしまったものだ。

読者は、あたかも藤壺との秘密の恋が、藤壺の姪によって報いられる、因果応報の構図を読み取るかもしれない。たしかに、『源氏物語』のもうひとつの大骨格は、因果応報を秘めた人間の宿世をえがいたところにある、という見方もできるだろう。こうした見方の前では、第一部と第二部を切断することは、『源氏物語』のこの大骨格を見失う捉え方として、退けられなければならないということになる。それはそうだ。大きな人間というか、人間たちの運命、そういうものを描いた物語として、これを俯瞰すれば、そういう見方をむげに退けたりすることはできない。

だが、第二部の物語が、因果応報というか、悪因悪果。悪いことをすれば、悪い結果で報いられるよ、という仏教的教説、そういうことをえがくところに眼目があったか、といえば、そんな教条的なものじゃないことも明らかだ。むしろ、そういうものを内在化させつつ、この世における宿命を深ぶかとえがきだす物語になってきている。しかも、すべては宿命というのじゃなくて、人びとが、それぞれに〈個〉的な存在として浮かび上がらせられ、それぞれに自分の内面を見つめ、かみしめているところが重要だ。

たんなる因果応報譚としては捉えられない主題を抱え込んでいるところに、第二部の特色があって、それがこの物語の大骨格に深ぶかとした内面性を与えているのだ。

そして、物語の人びとはそれぞれにこの俗世から去ろうとしている。「御法《みのり》」巻の秋八月、紫の上をうしなった光源氏もまた、哀傷の一年ののち、なんとか心安らかにして、出家から往生への道を願う。だが苦しみともみえる「幻」巻の一年ののちに、物語世界から姿を消す。個個の人間存在の〈孤〉のありようを照らしだすにいたった物語は、しだいに登場人物たちを宗教の世界へと接近させるかのようである。

世俗から離れた〈宇治〉の地の恋

こうやって第三部の世界が開かれることになる。

ここでは、俗世から一線を画して、宗教に近づこうとしながら、結局のところ、彷徨《ほうこう》を重ね、人間の迷妄《めいもう》をさらして生きている姿がえがかれることになるのだ。救いの願いを仏の世界に求めながら、そのじつ、現世でいかにも人間的なあやにくな人生を送るほかない人たちの運命を、読み手である僕たちもため息をつきつつ、たどることになるわけなんだ。

そういう意味では、薫という人物の存在は大きい。平安後期以降の物語では、薫人気は高くて、物語の主人公はたいてい憂愁を湛《たた》えた薫の面影をひきずっているんだが、今どきの、とくに女性読者には、いっこうに人気が出ない。無理をしないというか、エロス性に欠けているとの評判もあったりして、草食系男子ということになるのかもしれない。それならそれで人気が出てもよさそうなものなんだが。

話が先回りした。薫は、はじめから自分の出生に疑いをもった、内省的な人物として登場する。

世間的には、あの光源氏と帝の姫御子《みこ》との間に生まれた高貴な人物。『源氏物語』の世界でいえば、光源氏亡きあと、その輝きを継承するにたる存在ということになるわけだが、彼は自分じしんの存在根拠《アイデンティティ》に疑いを抱いている。自分はにせものの人生を生きているんじゃないだろうか。こういう現世を逃れて、ほんとうの自分の世界に近づきたい。そういう思いを漠として抱いている。

かといって、いきなり堅苦しい出家僧になりたいというわけじゃない。自分らしい人生を生きたいと、そう思って、今は宇治に隠棲し、俗聖《ぞくひじり》とよばれて、世俗にありながら聖どうぜんの生活を送っているという評判の八の宮のもとに通うようになる。

彼は、都での偽《いつわり》の生活を逃れて、宇治にゆくと世俗の価値から自由になった自分じしんになれると感じていたんだろうな。

宇治に通うこと三年。そして思いがけずに、八の宮の娘たちをかいま見て恋が始まる。物語には「かいま見」とよばれる場面がしばしば出てくる。光源氏の若紫すなわち後の紫の上との出会いも北山のかいま見から始まっていたし、柏木の恋もかいま見から本格的になった。薫もそうだ。このかいま見場面はなかなか美しいから、読んでみたいが、今日のところは宿題。

へぇー、平安時代の恋は、覗きから始まったんだ。そう思いたいところだけれど、それは統計学的実態の反映なんてものじゃないだろう。こんなふうに恋は始まるという期待の地平にあるものなんじゃないかな。物語でいえば、「かいま見」場面が出てきたら、そら恋が始まるぞという符牒《ふちょう》のようなものとして読むのがいい。その恋がどんなふうに展開してゆくかは、これから始まる読みの楽しみになるわけだ。

八の宮というのは、じつは桐壺帝の皇子のひとりだったんだ。光源氏とは、腹違いの兄弟ということになる。母親の実家だって光源氏の母桐壺更衣なんかより上だったというから、皇位継承争いの有力候補者だったらしい。ただし、物語の最初の方で、この人の存在が語られてはいなかったけれど。

実際、のちに冷泉帝となる光源氏と藤壺との間に生まれた皇子が東宮だった時代、その後楯だった桐壺帝も亡くなったあと、廃太子つまり皇太子を退位させようという陰謀事件が企まれて、替わりに八の宮を据えようという画策（クーデタ計画だね）があったっていうんだ。これは、「橋姫」という巻で、過去に遡って語られる話。八の宮はまだ十代の後半だろうね。けれども、時代はそんなふうに動いてはこなかった。

やがて須磨・明石から帰った光源氏が力を発揮する時代がやってきて、八の宮は時代から取り残され、零落する。京都にあった屋敷も、火事で焼けて、いまや宇治に引きこもっている。北の方との愛情が八の宮の心の支えだったらしいけれど、その北の方も亡くなって二人の娘を育て、心ばかりは仏の世界を志向している。俗にありながら高徳の僧のような生活を送っていたから、世間の人たちは、俗聖とよんでいたっていう。

宇治は、京都からそんなに遠い場所ではない。だけれど、山を隔てた地にあるから、別世界のようにイメージされていたんだろう。京都の東山連峰が南にしだいになだらかになってゆく、その山の向こうに宇治は位置するからね。

今は干拓されてしまっているけれど、かつては巨椋《おぐら》池という広大な池が広がっていた。宇治川は、琵琶湖を水源として、山の中を流れて来る。それが宇治を出たとたん急に開けた平坦地に出るものだから、水は氾濫して広がる。そうやって出来たのが巨椋池だね。

この巨椋池については、『巨椋池干拓誌』(巨椋池土地改良区　一九六二初版　一九八一追補再版)という本をひらくと本格的なことがわかる。僕はこういう本を読むというか、眺めるのが好きだね。

八の宮の屋敷は、宇治川を渡る手前にあったらしい。川の向こうには、『源氏物語』の時代からは後になるけれど、平等院が建てられたりしている。建てたのは藤原頼通。十円玉に描かれているのが平等院の鳳凰堂だね。鳳凰堂には、阿弥陀仏が安置されている。この世を去って、阿弥陀様の浄土に生まれ変わりたい、そういう極楽往生の願いのもとに造られたわけさ。

宇治は、そういう仏の世界に近い此岸《しがん》、川の向こうは彼岸《ひがん》、あたかも浄土であるような幻想を抱え込んだところとして、俗なる都世界と一線を画してあるというわけ。

だからこそ、八の宮のもとに、俗世間を離れて薫が惹きつけられるわけなんだが、その八の宮の娘との恋が、かいま見を契機に始まるわけだ。

これまでなかった新しい物語の恋のかたち

恋といったって、それまでの『源氏物語』の世界が描かなかったような恋、あるいはそれまでの物語が描くことのなかったような恋が語られる。薫の大君に対する思いは、きわめて精神性の強いものだ。なにしろ、君とともに仏道について語りたいなんていうんだから。こんな口説《くど》き方をしている物語の主人公なんていやしないさ。

僕は、かねがね「平安時代物語における口説きの研究」をやるといいと勧めている。物語に登場する男たちがどんなふうに女を口説いているか。そこからこの時代の恋愛観みたいなものが浮かび上がってくるんじゃないかと思う。すると、いかに薫の恋が変わったものであるか。こういうことをやると、わかってくるんじゃないかな。

薫は、都世界にもどれば、今をときめく貴公子だよ。そんな彼が宇治の零落した皇子の娘と恋をするわけだから、ロマン溢《あふ》れる設定さ。都ではなくて、宇治という設定にすることによって初めて成立する話といってもいい。しかも、その姫君の心の緩むのを待っているという奇特な話さ。

なにしろ彼は、俗世とのしがらみを逃れたいばかりに宇治にゆくわけだからね。その恋が屈折せざるをえないのはとうぜんかもしれない。

八の宮の死後、薫は大君と一夜をともに送るところまでゆくのだが、彼女の心の緩むのを待って、語らいだけの夜が明ける。

よくよくの人でなければ結婚してこの山里を離れるようなことをしてはいけない。そう訓戒した父の遺言の重みが大君には生きている。その代わり、妹の中の君を薫と結婚させて、自分はその面倒をみる側にまわろうと考える。

それを知った薫は、かねて宇治の姫君に関心をもつ匂宮と中の君とを結婚させ、それによって自分は大君と結ばれようとする。

だが、ことは思惑どおりには運ばないわけさ。匂宮は、時の帝の第三皇子。そうしばしば都を出て、宇治に通えるわけじゃない。匂宮と結ばれた中の君は、男女の間にしぜんに通う機微というものがわかって、結婚の実態にそんなに悲観的な気持ちを抱いているわけじゃない。しかし、この様子をみて、大君の方は、心を傷め、結婚というものにかたくなになってゆく。大君と薫の間には、まちがいなく心の交流がある。それをだいじにするために、薫を拒むというおもむきなんだ。

そして、悲傷のはてに、大君は亡くなる。

救われざるさまよう人たち

薫は、すべてを失い茫然とする。失った今、中の君と結ばれる可能性もあったのにと考えると、思いは中の君へと傾いてゆく。それは中の君そのひとへの思いというようなものじゃない。大君への執着が、彼の心を迷わせるわけだ。

そして、浮舟が登場する。浮舟は、大君・中の君の異母姉妹。八の宮と中将の君という侍女との間に生まれたんだが、中将の君が再婚した常陸介という地方官僚の娘として育てられる。

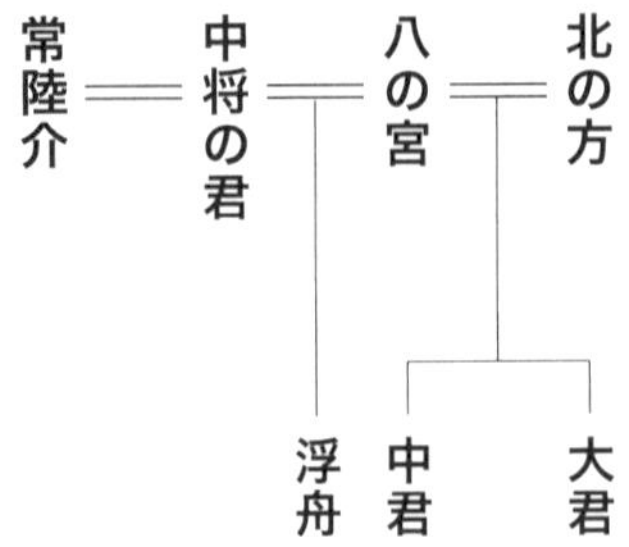

おりから結婚話がもちあがっていたのだが、相手の男は、常陸介の実子ではないことを知って、浮舟との話はキャンセル。しかもまだ年若い浮舟の妹（異父妹だね）にのりかえるんだ。許せないやつさ。

思いあまった中将の君は、浮舟を中の君のもとに託すことになる。

そういう存在のあることを知った薫は、大君ゆかりの浮舟に思いを寄せてゆく。薫の大君への思いの深さがどれほどのものであったかともいえるけれど、もう一面からすると、妄執に囚われている。心のストーカーみたいなものといったら、かわいそうだが、薫はそういう道に踏み迷っている。

だが、中の君のもとに身を寄せることで、浮舟は匂宮の知るところともなってしまう。やがて浮舟は、宇治へと引き取られてゆくのだが、匂宮もまた、宇治に赴いて、薫を装って、浮舟と契りを交わすにいたる。

浮舟というのは、水の上に浮かび漂《ただよ》う小舟のことさ。浮舟は人形《ひとかた》にもたとえられている。災いを移して水に流す人の姿かたちをかたどった人形《にんぎょう》のことだね。薫の大君への思いを移し流す身代わりといってもいい。彼女の名前じたいが、そういう流転の人生を象徴していることになる。

結局、薫と匂宮との間で翻弄され、苦しみ、進退きわまって、浮舟は宇治川に身を投げるべくさまよい出ることになるわけさ。

しかし、彼女は入水をはたさなかった。意識を失い、倒れているところを横川《よかわ》の僧都に助けられ、出家をはたし、比叡山の山麓で浄土を願う日びを送ることになる。

薫は、不義の子として生まれた運命から、世を逃れる仏の世界を志向する内省的な男として登場したのだった。そして、ともに仏道を語る相手として大君と出会うことになる。それは、『源氏物語』が後半に達して書き得るにいたった、宗教への接近の主題と新しい恋のかたちでもあったんだが、結局のところ、輝かしいあるいは静謐《せいひつ》な宗教的な世界が待っているわけじゃなかった。

それより、その世界の前で、逆にさまよい、迷妄の淵にある姿をさらすほかない人間存在のありかたがみえて来てしまうんだね。

でも、浮舟は救われるんじゃないか？　って。そうさな。無力で受身な浮舟だけが救いの道を歩んでいる。そういう人物を描くにいたったところに、『源氏物語』の文学としての達成があると評価する人もいる。

でも、どうかな。浮舟の居場所をうかがい知った薫からの使いが近づいている。出家をさせた横川の僧都も、薫の妄執を負ったままでは往生はかなわないと、還俗《げんぞく》を勧めている。彼女の前に平静安穏な出家生活が待ち受けているとは思われない。また繰り返しの世俗が待っているんじゃないか。

物語は、そういう地点でポツンと終わっているわけさ。

『源氏物語』は、こんなふうに大きく、深く展開し、内面的な深みに達する物語さ。第二部から第三部へは、〈個〉の〈孤〉の内面をきわだたせるところから、救いの問題をテーマにするようでありながら、宗教的な奇蹟のドラマのはてに、人びとの往生が語られるのではなく、むしろ、その前でかえってうごめき、さまよう人間の姿をえがくにとどまったところに『源氏物語』の文学としてのすごさがあるんじゃなかろうか。

少しは『源氏物語』を読んでみようという気になったかい。

『源氏物語』は、読み方によって、その世界が万華鏡のように変わってみえる多面的な世界だ。今日の僕の講義をオベンキョウするのじゃなくて、君たち一人ひとりの読み方をたいせつにすることがだいじだね。

では、今日の講義はこれでおしまい。

国文科の卒業論文ができるまで

上野　誠

国文学科において卒業論文はどのように作成されるのだろうか。まずは、某大学における卒業論文カレンダーを見てみよう。これで、卒業論文作成の流れを大づかみしてほしい。

〔某大学卒業論文カレンダー〕

十二月上旬　三年生の十一月から卒業論文作成の第一歩ははじまります。十二月はガイダンスが行われます。

一月　どのテーマで、どの先生に卒業論文を書くかを届出ます。届出用紙を出さないと、来年卒業論文を提出できません。届出の締切日があります。

春休み　基本文献にあたり、テーマを絞ります。自分が関心のある分野を卒業論文指導教員と相談しながら絞り込みます。

四月〜五月　108頁からの相談はこのころです。

六月下旬　卒論題目の届出(指導教員の捺印が必要です。これまでに指導教員と十分に話し合います)。
七月〜九月　文献・資料・データ等を整え、構想を練ります。ここは丁寧にゆきたいところ。
十月〜十一月　構想をまとめながら、下書きを作成します。
十一月　もちろん下書きの修正も必要になります。指導教員より国文学科規定の卒論表紙が配布されます。また、題目用紙も配布されます。
十二月上旬　清書(最低一週間はかかります)。
十二月中旬　清書を完成し、コピーをとった後、教務課に提出します
(教務課掲示の期日厳守です。一分でも遅れたら提出できません)。
二月中旬　口述試問(一人二十分程度。先生たちから、提出した論文について質問をされます。
これは厳しい試験。緊張の瞬間だ)。

では、卒業論文とはどんなものなのだろうか。某大学の規定と注意事項を見てみよう。この論文を書かなくては、卒業できないのだ。卒業論文とは、およそこんなものなのである。

〔某大学卒業論文の規定および注意事項〕

1　論文の長さは四百字詰たて書き原稿用紙で、百枚までとする。ただし、国文学科の内規として五十枚以下のものは査定の対象としない。以上の枚数は、概要、題目・氏名、目次、参考文献

一覧、補注、資料等を除いた本文のみの枚数である。

2　提出論文の構成は、概要、題目、氏名、目次、本文、(補注)、参考文献一覧の順であること。

3　少数の図・表を本文に含めることはかまわない。膨大な量のデータ・資料等をとくに提出したい場合は、申し出により、本文に含めず、別に添えることを認める場合がある。

4　二枚程度に「概要」を書き、冒頭に一緒に綴じ込んでおくこと。

5　筆記用具は黒または青のペン書きとする。鉛筆書きは認めない。なお図表等への色付けは自由とする。

6　ワープロ使用も可とする。

7　提出する前に、清書が完了したもののコピーをとり、口述試問のとき、提出した論文と同じ形に整えて必ず持参すること。

8　口述試問は、提出された論文がどれだけ十分な準備と理解と自覚の上で記述されているかを確かめるものである。試問日程等は一月下旬に掲示発表する。

9　テーマの絞り方・調査の進め方については、本学科では六分野を立てている。その分野と卒業論文の分野との関係を左に示す。あくまでも目安なので、卒業論文で希望する時代・分野・テーマに合わせて、卒業論文の分野を選択してほしい。

　言語文化……古代語、近・現代語

古典文学……古代文学、平安文学、中世文学、近世文学

伝承文化……※
近代文学……近・現代文学
現代文化……近・現代文学
本と出版……近世文学、近・現代文学

※「伝承文化」は時代・ジャンルが多岐にわたります。指導を希望する教員と話し合ってください。

　こうやって分野を絞り込んで、諸規定に沿って卒業論文作成がはじまる。卒業論文の指導は、指導教員のゼミナールで指導を受けることになる。ゼミナールは、各教員の指導方針に基づいて運営されるのであるが、私のゼミナールの「心得」を示しておこう。

〈奈良大学卒業論文　上野誠ゼミナール心得〉

　本ゼミナールでは、「古代文学」と芸能伝承論の卒業論文作成の指導を行います。ここでいう「古代文学」とは、奈良時代に成立した文献を指すことにします。具体的には、『古事記』『日本書紀』『万葉集』『風土記』『懐風藻』、そして平安時代初期成立の文献ではありますが『日本霊異記』などの諸文献を指します。このほか氏文や家伝、祝詞や宣命といった文献も入りますが、本分野ではなるべく『万葉集』か、『古事記』『日本書紀』で作成するように指導しています。なぜならば、これらの文献は基礎的研究の蓄積が大きく、索引と精度の高い注釈書があるからです。今日、大学四年間の学習で卒業論文を完成させることは容易ではなく、これまでの指導上の経験から、以上のように判断しました。もちろんそれ以外の文献を選んでもかまいませんが、その場合は、指導教員との綿密な打ち合わせが必要です。個々の文献の研究情報については、小野寛・桜井満編『上代文学研究事典』(おうふう)を見れば、おおよそ見当をつけることができます。

芸能伝承で卒業論文を作成する場合

奈良大学国文学科には、伝承文学や芸能を学ぶコースも設置されていますから、この分野で卒業論文を作成することもできます。「芸能伝承」とは、民俗学の一つの分類法で芸能の伝承性を明らかにする学問です。国文学と、芸能史・芸能伝承論は関わり合いが深いので、この分野で卒業論文を作成してもかまいません。ただし、本分野で主としてあつかうのは、特定の芸能の芸能伝承論と、民俗芸能になります。したがって、その方法論は聞き取り調査や民俗誌の作成を中心とした民俗学的方法によるものに限定されます。以上の理由から、この分野で卒業論文を作成する場合は、早い段階で相談をしてください。調査には時間が必要です。また、相談の前に上野誠『芸能伝承の民俗誌的研究』(世界思想社)を読んでおいてください。本書には、民俗誌からどのように芸能伝承を研究してゆくか、その方法論について書いておきました。

作品とカード、全体指導会と個別指導会、そして創意工夫

文学研究の王道は、作品と作家をつなぐ作品作家研究なのですが、古代文学の場合、難しい側面もあります。残っている作品が少ないことと、作家や作者の伝記資料もほとんど残っていません。加えて、作家の個性の発露として作品を見るというのは、近代的な考え方で、この方法をとることが難しいのです。したがって、作品作家研究の場合は、まずは注釈を熟読するところから研究がはじまります。

そこで、本分野では、あたりをつけた語彙を索引で調べ上げ、カードを作るという指導をおこなっています。カードを作ることによって、表現の型のようなものを明らかにしてゆくことが、古代文学研究の第一歩となるのです。古代の文学には類型表現が多く、その類型を認識しないかぎり、表現の意味するところはわかりません。そのいくつかの例を挙げてみましょう。

□古代文学の「名」で検索してその例を集めると、古代においては「名のり」が大切な行為であり、結婚の場合も「名のり」からはじまる。そこから、古代の物語や歌のなかに表現されている「名のり」の機能について考える……卒業論文「古代文学における『名のり』」。

□『万葉集』の「風」の用例を集めると、季節では「秋風」の用例が多い。それも、「涼し」よりも「寒し」に続く例が多い。「秋風寒し」で表現されるものは、季節のうつろいと一人寝の淋しさであると考えることができる……卒業論文「万葉歌の秋風」。

□『万葉集』の「梅」の用例を集めると、それは天平期に集中する。つまり梅を歌うことの流行が天平期にあったとの仮説を提示することができる(植物が存在することと、歌われることは別である)。また、カードを山・野・原・庭(二八・ヤド・ソノ)で分類すると、庭の梅が多く、多くは宴席の歌であることがわかる……卒業論文「万葉の梅—庭の花—」。

カードによる分析を駆使して、傾向や類型を探り、そこから表現の特質を明らかにすることができます。この方法は忍耐を要しますが、確かな議論を進めることができますし、何よりも用例の漏れを防ぐことができます。本分野のテキスト、上野誠・大石泰夫編『万葉民俗学を学ぶ人のために』(世界思想社)には、「妻」「手向け」「庭」「稲」などのカード分析を利用した論文の事例が載っています。その研究方法を学んでください。

本分野は、月に二回程度の全体指導会と、個別指導によって卒業論文を作成してもらいます。まず、一月上旬に顔合わせの指導会を行い、本人の希望を聞きながら、テーマを絞り込んでゆきます。二月からは、用例カードを作成してもらいます。カードの方式等については、テーマに合わせてコーチングしてゆきます。その上で、四月からはカードの分析に入ります。〈作品とカード〉、〈全体指導会と個別指導〉、個々の〈創意工夫〉によって、大作、力作の卒業論文を作成して欲しい、と思います。

〔とある卒業論文の相談から〕

では、指導教員と卒業論文作成者の個別指導とは、どのように行われるのだろうか。三年生の二月ごろの個別指導の様子を紙上で再現してみよう。

【再現】 某女子学生さんの三年生の二月の卒業論文相談

教授　君も四月から大学四年生だ。卒業論文の勉強はちゃんとしていますよね。

女子学生　はいっ!　いろいろ考えたんですが、やっぱし、額田王がいいです。

教授　ほぅー。じゃ、なぜ額田王なんだい。

女子学生　だってロマンあるじゃないですか。

教授　君の書くのは小説じゃないのだよ。あくまで論文なんだ。

女子学生　額田王って美女なんでしょ。そうそう、安田靫彦《やすだゆきひこ》（一八八四―一九七八）の日本画。きりっとした美人ですよね。

教授　あれは、あくまで近代の想像じゃないか。第一、奈良時代の文献には美人なんて一行も書かれていないぞ。

女子学生　えっ。美人じゃないんですか。

教授　それは、勝手な想像だ。

女子学生　天武天皇と天智天皇の両方から寵愛を受けたということは、美女という証拠になるのでは。

教授　そんなことは証拠にならんよ。

女子学生　でも、こんな歌あるじゃないですか。

中大兄《なかのおほえ》〔近江宮《あふみのみや》に天《あめ》の下治《したおさ》めたまひし天皇〕の三山《みつやま》の歌一首

香具山《かぐやま》は　畝傍ををしと　耳梨《みみなし》と　相争《あひあらそ》ひき　神代《かみよ》より　かくにあるらし　古《いにしへ》も　然《しか》にあれこそ　うつせみも　妻を　争ふらしき

（巻一の一三　反歌・左注略）

は、中大兄皇子（天智天皇）と大海人皇子（天武天皇）が、額田王を争った歌なんですよね。

教授　ちがうよ。この歌はね、こう読まなきゃダメ。

神代からツマを争った…………遠い過去

◀ダカラ

古にもツマを争った…………過去

◀ダカラ

今もツマを争っている…………今、自分が生きている時代ということなんだ。神代もこうだ。古もそうだった。だから、今もこうなのだ。すなわち、ツマを争うのだ、ということなんだ。つまり、歌の主題は、ツマ争いは神代の時代から何時の時代も……、というところにある。だから、個人的心情を歌ったわけじゃない。

女子学生　そんなぁ。

教授　美しき誤解です。

女子学生　がっくりです。ロマンが萎んじゃう。

教授　でもね、この説は、江戸時代の伴信友の『比古婆枝《ひこばえ》』という本以来、今日まで人びとの心を魅了してきた説なんだよ（全二十巻。巻一・二は一八四七年刊、巻三・四は一八六一年刊、巻五以降は明治になって刊行）。

女子学生　じゃあ、一説としてはあるのですか。

教授　でもね、今日の万葉研究は、この解釈を全く否定しているんだよ。まず、恋歌であるならば、巻二の「相聞」部に収載されるはずだろ。次に、そういう解釈は読者の側のものであって、歌の表現はあくまでも伝説を歌うものであることなどが、主なる否定理由なんだ。

女子学生　でも、いい説だと思うな。ロマンあるし。

教授　では、この説はなぜ、これほどまでに、人の心を引きつけるのかと考えればいいんだよ。その一つの理由はね、有名な、皇太子・大海人皇子すなわち後の天武天皇と、額田王の次の歌のやり取りがあるからなんだよ。

天皇、蒲生野《かまふの》に遊猟《みかり》する時に、額田王の
作る歌

あかねさす　紫野行《むらさきのゆ》き　標野行《しめのゆ》き

野守《のもり》は見ずや　君が袖《そで》振る

皇太子の答ふる御歌〔明日香宮に天の下治めたまひし天皇、諡《おくりな》を天武天皇といふ〕

紫草《むらさき》の　にほへる妹を　憎くあらば　人妻ゆゑに　我恋《あれこ》ひめやも

紀に曰く、「天皇の七年丁卯《ていばう》の夏五月五日、蒲生野に縦猟《みかり》す。時に、大皇弟・諸王・内臣また群臣、皆悉《ことごと》従ふ」といふ。

（巻一の二〇・二一）

宮廷の人びとが蒲生野で遊んだとき、人目もはばからず手を振る皇太子・大海人皇子《おほあまのみこ》。それを、なんということをするのですか、野の番人が見ていますよ、とたしなめる額田王。対して、紫草のように照り輝く美しさを持っているあなたを憎いと思ったならば、人妻と知りながら、恋しいとなんて思いましょうか、という熱い思いで切り返す大海人皇子。いい歌だ。

女子学生　まさにラブロマンス。一幅の絵を見るような歌ですね。

教授　たしかに、甘美な万葉の夢だ。この二首を知っていれば、「うつせみも妻を争ふらしき」というのは、額田王の三角関係のことを指すのだ、と考えてしまうよね。でも、繰り返しとなるが、これは蒲生野の歌の知識を、中大兄の歌に注入して理解するから生じる解釈なんだ。

女子学生　そうか、美しき誤解なのかぁー。

教授　では、なぜそういう美しき誤解を犯してしまうのだろうか。その理由は、発見の楽しみがあるからだよ。つまり、二つの知識が結びついて、中大兄三山の歌の理解が深まった、と勘違いしてしまうんだ。そして、何よりも、三山歌が具体的に読めるだけでなく、古代のロマンスの一齣に触れたような気分になれるんだな。これが。

女子学生　万葉の恋は、おおらかだと、私思いたい。

教授　いや、万葉の恋愛世界は、そんなユートピアじゃないよ。

女子学生　私、万葉のゼミナールやめたくなりました。

教授　……。

さぁ、彼女はどんな卒業論文を書くのか。指導教授は大変心配している。

【参考】

卒業論文題目

- 万葉にみる「野」と「原」と
- 万葉歌の「名」
- 古代文学の「鏡」
- 色彩からみた恋情表現～「クレナヰ」をめぐりて～
- 万葉集の「旅」
- 「雁」の古代文学
- 大阪「ニハカ」と喜劇
　　――笑いの芸能とその変化に関する一考察
- 万葉恋歌の「目」

卒業論文評価票

一年後、卒業論文指導ゼミの厳しい指導によって、彼女は卒業論文を提出することができた。口頭試問もしどろもどろになりながらなんとかパス。次のページは彼女の卒業論文評価票です。

氏名　国田文子(=某女子学生)　　75点

論題　額田王考

良い点

□誤字と脱字が少ない
□文章が整っている
□原稿用紙の使い方が身に着いている
□丁寧な作業をしている
□結論に説得力がある
□大きな問題に果敢にチャレンジしている
□作品の読解が精緻である
☑先行研究をよく整理している
□資料の整理が行き届いている
☑時間をかけて卒業論文を制作した跡が見える
☑国文学科生として十分な基礎力を看取できる
□研究を集大成する意欲を看取できる

悪い点

□誤字と脱字が多い
□文章が整っていない
□原稿用紙の使い方が身に着いていない
□丁寧な作業をしていない
☑結論に説得力がない
□問題を解決しようとした意欲が感じられない
□作品の読解に誤りが多い
□先行研究を十分に吟味していない
□資料の整理が行き届いていない
□時間をかけて卒業論文を制作した跡が感じられない
□国文学科生として十分な基礎力を看取できない
□研究を集大成する意欲が看取できない

コメント

個別の歌の検証については、諸註釈を十分に検討している。
しかし、結びの部分では、それまでの論証が必ずしも活かされていない。
もっと大胆に踏み込んでよかった。
歌から心情を理解することは可能だが、歌から人物像を考えることは難しい。
資料が少ないということは、指導の時に注意していたはずだ。
でも、祝卒業、おめでとう。

3限目

現代文学演習

山﨑眞紀子

この授業では……

現代文学は、いま、まさに生きているこの時代の問題が描かれています。いま、この瞬間に起こっている問題を描くのは絵と言葉がミックスされているマンガの方が速いことでしょう。文学は言葉にする分、遅れてしまうのです。そして、すべてが文章だから、理解するのも時間がかかります。けれど、じっくりと立ち止まり、いま、生きているこの時代が自分にとってどのようなかかわりを持つのか考えることは大切です。作品を読んでまずは自分が気になったことから考えていきましょう。

担当教員：山﨑眞紀子（やまさき・まきこ）プロフィール

初めて手に取った絵本が『リア王』でした。真心を父・リア王にささげると言った末娘は、巧言令色を尽くす姉たちに比べ寡黙でした。真心と一致した言葉を発することは可能なのか、心と言葉を一致させるにはどうすればよいか、この課題が私を文学へと向かわせたのだと思います。一九六一年東京都生まれです。

メッセージ

ベストセラー作品『1Q84』をゼミ形式で読みます。調べていくうちに夢中に！

村上春樹『1Q84』分析——まずは「気になること」から——

山崎　こんにちは。演習の時間を始めましょうか。この一週間はどう過ごしましたか？　何か良い映画、観ましたか？

橘　僕、先日『飢餓海峡』を観てきました。長い映画だったけど、すごく良かったです。あの左幸子？　っていう女優さん、テレビで見かけたことなかったけど、味がありますね。あの三國連太郎の凄さ！　もう圧倒されちゃいました。

山崎　わっ渋い！　あの名作を観たなんて、さすが映画好きの橘君ね。あの駅の北側にある名画座で？　たしか上映期間は短かったよね。見逃さずに行く所も偉いですね。昔の映画って本当に底力があるっていうか、息を呑む素晴らしい作品があるよね。現在、格差社会や貧困が問題になっているけど、かつての日本は本当に貧しかったなあって昔の映画を観るとしみじみ思います。みなさんは、おじいさんやおばあさんが若かったころの日本が、どのような時代だったのか、なかなか想像しにくいでしょう。映像はその点、わかりやすくていいよね。最近、日本近代文学の講義でも、作品に描かれている時代が良く理解できないから、映画などを使って教えてもらえると助かります、なんていう声も寄せられて、なるほどなあ、活字だけでは想像するにも無理があるかもって改めて気づかされちゃった。先日も「長襦《ながじゅ》袢《ばん》」って何ですか？　って質問を受けて、そうか、着物を着る機会がなければ、日常では見かけないものだから、わかっていると思い込んでいる私が間違ってたんだって気づいた始末。それにしても、「死語の世界」が増えたなあ。いま、マフラーのこと襟《えり》巻《ま》きって言ったら通じないよね。

一同　？

山﨑　……ま、いいや、今の言葉は忘れてください。

『1Q84』と『ペーパームーン』

山﨑　では早速、村上春樹の『1Q84』の分析の続きを始めましょうか。一人一人の課題はやってきましたよね？　えっと、今日は誰からの発表でしたっけ？　映画の話が出たから、水嶋君、小説のプロローグに置かれている言葉を理解するために映画『ペーパームーン』を観てくるってことだったけど、どうだったかな？「ここは見世物の世界 何から何までつくりもの でも私を信じてくれたなら すべてが本物になる」この言葉の意味、映画を観たら何かわかった？

水嶋 はい、やはり、プロローグに置かれているだけあって、『ペーパームーン』の映画って、この作品に何かの暗示を与えている気がしました。

山﨑 暗示？ もう少し具体的に言えないかしら。

木村 先生、僕は、映画をまだ見ていないので、できればどんな映画なのか説明してもらえるとありがたいです。

山﨑 では、水嶋君、あらすじを話してみてください。

水嶋 はい、物語の舞台は1935年の大恐慌期のアメリカ中西部。聖書を売りつけては人をだまし、小金を稼ぐ詐欺師のモーゼが、かつての恋人が残した娘・アディを彼女のおばさんの家まで送ることになったところから物語が始まります。モーゼとアディはどことなく似ているので、みなしごとなったアディはモーゼのことを父親ではないかと願望も込めて思います。でもモーゼは真っ向から否定し、彼女のことを厄介者扱いします。何事にも機転がきくアディはモーゼの聖書売りにも一役買い、二人は旅を続けます。この映画ってロードムービーなんですよ。旅の途中に遊園地みたいなところに寄るシーンがあるんですけど、厚紙で出来た三日月にちょこんと腰かけたアディが写真を撮ってもらう、このシーンが何かいじらしくってたまらないんです。紙の偽物の月でも、本物だって思えば本物になる。アディはモーゼを父親だったらいいなと思ってるので、偽物の父親でも本物になるって願いを込めてるんでしょう。実際、無事におばさんの家に辿り着いて、モーゼの役割は終わりなんだけど、結局は、アディと旅を続けるモーゼの二人の姿が映って終わります。あのラスト、良かったです。

山﨑　そうね、私もあのラストシーンは好きです。アディの願いがかなったハッピーエンディングだと思うな。主演のライアン・オニールとテイタム・オニールが本当の親子だから、実際に顔がどことなく似ていますよね。ところで『1Q84』も月が重要な意味を持ってくるよね？　先ほど言った「暗示」にそこは含まれているの？

水嶋　はい、主人公の一人である青豆が1984年から1Q84年の世界に足を踏み入れてから、そこでは月が二つ見えるようになります。アディが座った偽物の月、本物だって思えば本物になる、とすれば、月が二つ見える世界も本物になる、これが、映画『ペーパームーン』が置かれている意味だと僕は思いました。

父と子の関係

山崎　その通りだと私も思います。父子関係についての関連はどう？　モーゼとアディは、もしかしたら本当の父子かもしれないという可能性がある。アディはそう思いたい、でもモーゼはそれを全面否定する。それでも最後には本当の父娘のように旅を続けていく。先ほど言ったことを要約すれば、偽物が本物になるってことだけど、『1Q84』での父子関係は反対のベクトルを向いてないかしら？　もう一人の主人公天吾はNHK集金人である自分の父親を本当の父親ではないのではないかと、息子の方が父子関係を全面否定しているよね。ずっと口に出して言えなかったんだけど、昏睡状態にある父を看取りながら、思春期から抱き続けてきた疑惑を告白するよね。天吾が知り合うふかえりこと深田絵里子は、実の父がいながらもその父のもとを離れ、戎野先生を父代わりとして七年間を過ごしています。この作品全編に渡って、父―子ども関係の否認が見えてくる、とは言えないですか？

水嶋　ああ、言われてみれば…。でも僕は父と子の関係は思い浮かばなかったです。1Q84の世界がどのような世界なのか、そこを追い求めるのに夢中になって、それは二つの月がある世界で、その謎を解くことで頭がいっぱいです。

山崎　ごもっとも。二つの月を読み解くのは難しいですね。でも、村上春樹の初期作品からずっと読み続けていくと、一つの傾向がわかるのね。父親不在、もしくは父親否認というのも一つの傾向としてあげられます。たとえば『神の子どもたちはみな踊る』という短編では、主人公の母親が言うにはあなたの父親はお方様＝「神」なんだっていうんだから。僕の父は誰なんだ、僕は何者なんだって生のルーツを必死に探ろうとしている息子に対し、母は「神さまだよ」って真顔で言う。そんなこと言われても、大きな空白は一層曖昧になって、救われないよね。

村上春樹はテレビやラジオ出演を拒み、極力マスコミから姿を隠してきた作家だし、エッセイでもほとんど両親とのエピソードは語られてきてなかったけど、２００９年2月の「エルサレム文学賞」授賞式で、お父さんのことを人前で語ったのね。あ、そうだ、倉持さんは作家論的アプローチだったよね。先日私が紹介した文献は読んできた？　村上春樹の新刊『雑文集』（新潮社、２０１１年1月）、その中にエルサレム賞受賞のあいさつ「壁と卵」が七五ページに載っていると思うけど、ちょっと要約してもらえる？

壁と卵

倉持　はい、あの時、話題になったのでネットでは授賞式のワンシーンをちらっと見たんですが、こうして改めて文章でスピーチを読むと、村上春樹ってカッコイイですね！

まず、「エルサレム賞」受賞のためにイスラエルに行くべきかどうか悩んだというエピソードを村上春樹は語ります。なぜかというと、ガザ地区におけるイスラエルの激しい攻撃がなされ、非武装の老人や子どもまでが亡くなっていること、授賞式に呼ばれイスラエルに赴くということは圧倒的に優位な軍事力を持つイスラエルの、その戦闘行為を支持するような印象を与えることになるので、周囲からはもし行くなら村上春樹の本の不買運動をするなどの声も上がっていた、自分も悩んだと語っています。けれど、村上春樹はこう考えたそうです。「小説家というものは、どれほどの逆風が吹いたとしても、自分の目で実際に見た物事や、自分の手で実際に触った物事しか心からは信用できない種族」だと。何も見ないよりは、何かを見ることを、何も言わないよりは話しかけることを選んだと発言しています。

この前置きの後に、「壁と卵」の譬《たと》えを使って、小説を書くときに常に頭の中に留めていることを語っています。それは、「もしここに硬い大きな壁があり、そこにぶつかって割れる卵があったとしたら、私は常に卵の側に立ちます」って。

山﨑　倉持さん、ありがとう。熱意が伝わってきますね。発表当時は各メディアが「壁と卵」のスピーチをメインにして報道しました。村上春樹は学生時代、大学図書館にこもって映画のシナリオを読んでいたそうで比喩の名人ですが、この譬えも実に上手。映像が目に浮かんできます。

新垣　先生、映像が浮かぶっていっても、もう少し詳しく「壁と卵」の内容を聞かせてください。それにお父さんの話も出てきてないですよ。

山崎　あ、ごめんなさい。もう少し説明が必要でしたね。倉持さん、続けてください。

倉持　はい、壁とは爆撃機や戦車やロケット弾や機関銃のこと、卵は、潰され、焼かれ、貫かれる非武装市民のこと、と村上春樹は説明しています。私たちは誰だってかけがえのない魂をもったひとつの卵である、それぞれが硬い大きな壁、これをシステムとも名付けているのですが、この壁に直面し個人の尊厳を脅かされている。小説家の役目は私たちの魂がシステムに絡めとられないように常に卵の立場に立って、個人の尊厳に光を当て愛の物語を書き、個々の魂のかけがえのなさを明らかにしようと試み続けるものだと言っています。

村上春樹の父親は、この授賞式の前年に亡くなったそうですが、大学院在籍中に中国大陸の戦闘に参加した経験を持っていたそうです。教師で僧侶だったお父さんは、毎朝仏壇に向かって、敵味方に関係なく戦闘で命を落とした人々に長く深い祈りを捧げていたそうです。その後ろ姿には常に死の影が漂い、その記憶が自分の中に残っていて、それが自分にとって大事なことだったと発言してるんです。私はこの部分を想像して、ゾクっとしました。

山崎　村上春樹はその毎朝の祈りを子どものころから見続けているんですよね。子どもの頃って、大人よりもずっと死の恐怖が強く、敏感ですよね。相当なショックを彼は感じていたはず。

新垣　僕だったら、怖くてお父さんのそばに近寄れないなあ。「死の影」が漂っていたんでしょう？

山﨑　そうね、考えれば凄いことですよね。子どもにとっては受け入れるには相当大変な思いをしたことでしょう。大袈裟にいえば、トラウマになるかも。戦争というのは目の前で命が失われていく姿を見ていくわけだから、魂に大きな傷を刻みつけますよね。ある意味、村上春樹は父親を通して、戦争を追体験してきたとも言えますね。そのエピソードを実際に戦闘態勢にあるイスラエルで語ることの意味を十分考えて授賞式に出席したのでしょうね。

倉持　そうなんです、本当に考えが深い作家だと思い、私は胸が熱くなりました。

山﨑　以前にも父親の中国での戦争体験を海外からのインタビュアーの取材で答えてるけど、それ以来、初めて自分の父親のことを語ったんじゃないかしら。と言っても、村上春樹は海外で受けるインタビューでは、国内では発言しない内容を結構発言しているから、海外記事も調べなければならないんだけどね。

木村　インタビューではお母さんのことは話しているんですか？『ペーパームーン』のアディの母親は亡くなっているので、まったくの不在だし、『1Q84』も母親不在ですよね？

山崎　木村君もそこが気になった？　確かに父親不在だけでなく、母親も不在だよね。実は村上春樹は自分のお母さんのこともあまり語っていないの。もう十年ほど前だけど、女性誌のエッセイで、運動会のお弁当の定番であった関西風のちらし寿司を作っている姿を心愉《こころたの》しい思いで見ていたことはエッセイに綴られていたけど、その時も母親のことを語るなんてずいぶん珍しいと思った記憶があります。奥さんのことは語られているけど、実際に母親のことともほとんど語られていないと思いますよ。

作者は正解を握っているか？

長澤　先生、僕は村上春樹の作品は、このゼミで読んだ小説以外読んだことがないんですけど、やっぱり、もっと他の作品も読んだり、作家のことも知らないとまずいんですかね？

山崎　村上春樹が作家として出発したときは彼の年齢は二九歳。そして、いま現在六二歳、三三年間作品を書き続けているわけだから、今からすべて読むのは大変だよね。

長澤　いや、すべてだなんて言ってません。無理です、そんな。ただ、先生はこのあいだふかえりが目撃する「リトル・ピープル」について「村上春樹はなぜリトル・ピープルを登場させたのか」と僕がレジュメに書いたら、このような問いは意味がないって。村上春樹はまだ生きてるんだから、このような問いだったら、実際に取材に行って直説聞いてみることが正解となるんじゃないのっておっしゃってましたよね。

山崎　まあ、それは敢えて言ったんだけど。まず、発表された作品を解釈する時に、誰か一人が正解を握っているものなのだろうか？　ってことを言いたかったの。さすがに、みんなのように大学生ともなると「結局、正解は何ですか？」なんて愚問を投げかけてくる人はいないけど、まだまだ作家名をあげて「○○は何を言いたかったのか」と作家が正解を握ってるような一元化した問いを投げかける人って多いの。逆に「作品は自分の好きなように自由に解釈していいものだと思う」っていう人も結構いる。

長澤　僕はそっち派です。僕、これでも読書家なんですよ。作品はこういうふうに読まなければだめですよって言われると、ムカッときて「俺の勝手じゃん！」って反発しちゃうな。だから、正解なんてないと思う。読んだ人があることをそれぞれ感じればそれでいいんじゃないかって思います。

山崎　そういった意見も一般教養の講義では寄せられることがあります。まず、ここで確認したいのは、作品を一番理解しているのは、書いた本人なんだろうか？　ってこと。どう思う？　長澤君、長澤君は自分のことを自分が一番わかってると思う？

長澤　僕ですか？　うーん、わかってるようなわかってないような。たまに、お前ってこういうところがあるよな、って友だちに言われたりすると、そんな風に見られてたんだ、って意外に思うことがあります。

山﨑　書くっていう行為は、無意識を顕在化させる行為っていうかな、譬《たと》えていえば深い井戸に降りて行って、そこで地下水を汲み上げるように、今まで形として現れなかったことに形を与え、掘り尽くせなかったことを掘ることで深層が見え、それを表層に上げていくっていうかな、そういう動きのことじゃないかしら。だから、とても疲れるし、苦しいし。しばらくは落ち着いて、書きあげたものがどういう意味を持っているのかなんて、自分じゃ判断できない。汲み上げるのに必死なんだから。むしろ、作家自身が把握できちゃってる世界を表層化されても、その作品は面白くないんじゃない?

長澤　なんとなくわかる気がします。

山﨑　読書行為もそう。そこに書かれている世界に深く潜っていき、そこで何かを見つけ、見つけたものに形を与えていく。ああ、面白かった、って終わるんじゃつまらない。感じたことに形を与えてこそ、見えなかった自分が見えてくるんじゃないの?

木村　そういえば、先日の就職ガイダンスで「学生時代に熱中したこと」を書く練習をしたんですけど、書き始めたら、改めて自分がこれまで何に時間を費やしてきたのかわかった気がしました。僕も書くの好きじゃないし、実際に面倒なんだけど、このゼミでレジュメを書くようになってから、少しずつ慣れて、書くことで改めて自分の考えていることがわかって、書くことって大切なんだと思うようになりました。

山崎　そうね、ゼミで発表しなければならないと「ここ、面白いよ」では済まないですよね。九〇分間のゼミ時間が、一分で終わってしまうものね。なぜ、ここが面白いのか、その理由をゼミのみんなにわかるように説明しなければならない。そうなってくると論理がしっかりしてなくてはならないし、その根拠も示さなくてはならない。だから「感じた」とか「思う」で完結させてはだめで、なぜそう感じたのか、なぜそう思ったのか、作品の中のどの言葉からそう言えるのか、作品と自分の読みをつなげるためには資料も持ってこなければならなくなる。

リトル・ピープルへのアプローチ

倉持　作家の発言やそれまで書いてきた作品の傾向や流れを資料にしてもいいんでしょうか？

山崎　あ、そうだった、最初の質問に戻らなくちゃね。確かに作家の発言や、系統だって作品を読むことで、傾向を摑むってことも、資料の一つになるよね。それもかなり大きな参考資料となります。

長澤　じゃあ、僕の問題提起なんですけど、「なぜ村上春樹はリトル・ピープルを登場させたのか？」っていうのは駄目だっていうのは、どんなふうに変えたらいいんでしょう？　本当は、図書館に行って村上春樹の発言を検索して、「リトル・ピープルは今の時代の○○を意味して登場させました」という類の記事を見つけだして、それを論拠として結論づけようと思ったんですけど、このような問いや答えではいけないですか？

山崎　うん、だから、作家は作品世界の答えを握ってるわけじゃないし、仮に発言していたとしても、それが正しいとも限らない。それに、「正しい」って、「誰にとって」「何において」正しいのかな？　私が言いたいのはそういうことなの。レジュメの書き手である、表現主体って言い方をしてもいいけど、長澤君にとって正しいってことなのか、村上春樹にとって正しいのか。そもそも「正しい」っていう判断基準も変だよね。

長澤　誰にとって正しいのかなんて改めて聞かれると、自分でもよくわからないんですけど……、ただ、正解が一つではないってことは先ほどの言葉でもわかりました。

山崎　長澤君の問題提起はシンプルに「『１Ｑ８４』におけるリトル・ピープルの意味」にしてはいかが？　論点を三点ぐらいに絞って、アプローチしたらどうでしょう？　たとえば、リトル・ピープルはどこから現れるのか、ふかえりとリトル・ピープルの関係、ジョージ・オーウェルの描くビッグ・ブラザーとの相違とか、作品内を丁寧に読みとって、必要に応じて作品内の言葉を引用しつつ、リトル・ピープル像を明確にしていったら、何か見えてくるはずですよ。正解は作品内にあり。何度も繰り返し読んで、作品内に深く潜れば、必ずそこからは何かが摑めるはず。大げさに聞こえるかもしれないけど、自分自身で摑んだある宇宙が手に入ると思います。実際に言葉にするってことは、それまでの混沌とした未分化な世界を具体化していくことなので、言葉で出来ている作品内に深く潜って、そこで一度溺れるように自分を解き放って、そこから何かを摑んで、言葉に変えていく。こういったことが出来るようになれば、文学という学問もとっても面白くなると思うよ。そして、何よりも私が大切だと思うのは、誰かが用意した問いを解き正解を求めるのでなく、自分自身が問題を問いかけ、深く考えて自分で答えを導いて行くってこと。教えられているうちは、まだまだってことなの。何事も「自分で見つける」。これぞ、学問の醍醐味。

長澤　そっか、先生はよくレジュメが書けないときに相談に行くと「あなたが作品で気になったことは何?」って、聞いてきますよね。僕は最初、問題にすべきことが全く見えなくて、自分で何かを見つけるのって難しいと思っていたけど、「気になる」ことから始めると、それまでぼんやり考えていたことが、いつの間にか形になっていくもんで。いつも、問題にすべききちんとした何かがあるようで、それを自分が探し出せなくて困った気になっていたけど、自分の関心に従っていいんですね。

山﨑　そう、大学において正解はない。自分で問題提起して、自分で導き出すの。

長澤　わかりました。『1Q84』におけるリトル・ピープルの意味」でいいなら、出来そうです。

山﨑　引用する時は必ずたとえばBOOK1の何ページと書いてね。

長澤　はい、わかりました。

牛河と「光」と「影」

橘　先生、僕はBOOK2から登場する牛河論を書きたいって言いましたよね？　リトル・ピープルって亡くなった牛河の口から出てくるんですけど、僕もリトル・ピープルに触れないとまずいでしょうか？

山﨑　いや、まずいってことはないですよ。どんなアプローチをしてきたの？

橘　（レジュメをみんなに配布）このレジュメにあるように、『1Q84』に出てくる牛河のシーンをピックアップするところから始めました。牛河って、読めば読むほど可哀そうな奴で。最後には殺されちゃうし。愛されキャラの真逆で、僕自身も牛河は好きになれないし。

実際、僕もなぜ牛河論なんか書こうとしたのか、自分でも不思議です。牛河がその場に現れるだけでその周囲の空気がよどむっていう感じの表現もあって。

山﨑　橘君はユング心理学の言うところの「シャドウ」って知ってる？

橘　いや、知らないです。ユングって、あの「元型」を考え出した人でしょう？　確か、先生の授業で村上春樹の『図書館奇譚』をユング心理学のアニマとアニムス、老賢者の元型で読んだことがありましたよね？　そういえば、あの作品の母親ってかなりの心配性でしたね。小説の最後ってもうお母さんが亡くなっていて、新月の空をみながら思い出してるシーンだったような。僕、あのシーンが映像的に頭に焼きついていて、怖い小説だなーって思いました。絵本の『羊男のクリスマス』を先に楽しく読んだので、読む前は明るいイメージを持ってたんですが。

山﨑　そうそう、あの絵本は楽しかったよね。「ねじけ」とか「なんでもなし」とか、ネーミングも面白かった。話を元に戻すと、シャドウとは自分では認めたくない否定的な面って言えばいいかな。光があたれば影が出来るように、普段の生活で見せている光の部分とは逆に自分では認めたくない否定的部分を表に出さないようにしている、わかりやすく言えば悪の部分。否定面だから、それをふだんは見ないようにして押し殺しているんだけど、あまりに顧みずに悪の部分をためてしまうと、そのうちにその影の部分が肥大してしまって、光の部分を乗っ取ってしまうの。

橘　乗っ取られちゃう？　そりゃ、怖い！　乗っ取られて暗黒の世界になっちゃうんですか？　牛河って乗っ取られちゃったのかな。

山﨑　『１Ｑ８４』ＢＯＯＫ２の二七五〜二七六ページにもカール・ユングの「影」についてふかえりの父である宗教団体「さきがけ」のリーダーが話題にしているところがあります。これまでも村上春樹作品には「影」が登場してきました。例えば、『世界の終りとハードボイルド・ワンダーランド』では、「僕」の「影」は分身的存在だったけど、『１Ｑ８４』では、分身というよりも統合に向かっているのね。何か大きなことを成し遂げようとするときに分裂していた自己は「補償作用」をもって統合される。これまでの自己を分割していた主人公が、何かの力を帯びて、そこに何かが待ち受けている時に力を合わせてそれに立ち向かっていく。いわば、以前までは一個の人間が持つ善と悪、光と影の部分を分裂させて描いていたのが、『１Ｑ８４』では分裂していた自己を統合させる方向に転換された。これはなぜなのか、興味が惹かれるところです。村上春樹は常々「悪」の問題を小説に描く必要性を発言しているの。

新垣　先生、自己を光の部分と影の部分に分割していたのが、『１Ｑ８４』では統合されたって、よくわからないんですけど。

山崎　そうね、唐突に言ってしまったからわかりにくかったかもしれないですね。一般的に幼い子どもほど、自分の中に受け入れられないことが起こるとそれを外に出してしまおうとするの。例えば多重人格について、以前に本も出版されたしテレビドラマにもなって話題になったんだけど、幼児期に虐待されると、いま苛められているのは自分じゃなくて違う子なんだって分離させて考えることで、その苛酷な現状をやり過ごそうとするの。そうしているうちにその子どもの中にいくつかの人格が出来てしまって多重人格になってしまう。つまり子どもは受け入れられる容量が小さいから、外に出してしまおうとするのね。逆に成熟した大人はつらいこともすべて自分一個の存在で受け止めようとするってことになるのかな。

新垣　そうすると、統合できたってことは大人になったってことなんですかね？

山崎　そうね、大人になったっていう言い方が的確かどうかはわからないけど…。苦難を受け入れる容量が大きくなったとは言えるでしょうね。村上春樹のデビュー作である『風の歌を聴け』や『１９７３年のピンボール』では、双子とか、「僕」と「鼠」とか分身的存在が出てくるんだけど、三十年以上小説を書き続けて、分身的存在の書き方も変わってきたって感じがするのね。『１Ｑ８４』のふかえりと青豆、「さきがけ」のリーダーと天吾、この組み合わせも分身的と言えなくもないよね。今回はパシヴァ＝知覚するものと、レシヴァ＝受け入れるもの、というように、ダブルの分身的存在が、二つ合わさることで大きなことを乗り越えようって感じがするのね。マザとドウタなんて言葉が出てきたところで、私は『エヴァンゲリオン』の綾波レイをとっさに思い出してしまったんだけど。実際、物語上では天吾とふかえりが性交をし、その結果青豆が妊娠するよね。やっぱり分身といえるよね。

橘 先生、ちょっと僕たちついていけないんですけど。初期作品はゼミでも読みましたけど、多重人格や分身なんていう意見はあの時出なかったですよ。牛河に話題を戻してください。牛河は結局、作品中では悪役って言うか、それこそ影の部分なのでしょうか？

『1Q84』と家族の問題

山崎 橘君がこのレジュメにきちんとピックアップしてきてくれたように、牛河の場合、彼が生まれ育った家族は牛河を除いた家族構成員すべてが頭が良くて顔立ちが整っていてという、いわば光の部分であり、牛河が唯一、容貌に恵まれず、下品で頭も良くなくてっていう、つまり家族が一つのパーソナリティとなっていて、牛河が家族の影の部分を一身で体現していると考えられるんじゃないかな。

橘 パーソナリティって？　家族が一つの人格を表わすってことですか？

山崎 そういうこと。人間は善の部分もあり悪の部分もある。それを認めないとどこかにゆがみが生じてしまう。家族だってすべてが善の家族って不自然だし、またはその家族の中にいると善の部分しか出せないっていうのはきついよね。よくあることなんだけど、五人家族の中で、家族の水面下の問題をたった一人の家族が担っていて、「ああ、あいつがいるからこの家族は不幸なんだ」って、そう思うことでその家族に潜んでいる問題に直面しないで済む。自分たちでは認めたくない家族の問題を一人の問題児が抱え込むことで、その家族がバランスを取ってる。

橘　え、それっていいことなんですか？　問題児が可哀そうじゃないですか？

山﨑　その通り。問題児は一人で重い荷物を背負わされているようなものだから、とても可哀そう。でも、それに気づこうとしない家族って多い。結局、自分が重い荷物を背負うのは嫌だってこと。

橘　牛河もそうなんですかね？　なんで牛河が背負っちゃったんだろう。ていうか、容貌に恵まれなかったのは生まれつきなんだし…。どうやって分析しよう？

山﨑　橘君はこうやって丁寧に作品中から牛河に関係している部分をピックアップしているから、準備段階はもう済んでるよ。ここからが腕の見せ所ね。お料理で言えば、材料はまな板の上に調った。後はどのように料理するかってこと。橘君は実際、料理がうまいじゃない。ゼミ合宿の時のあの包丁さばき、見事だったなあ。

橘　先生、うまく逃げないで下さいよ。文学分析の包丁は、僕の場合まだ研がれてないんですから。でも、先ほどの家族を一つのパーソナリティとして読んで、牛河がシャドウの部分を引き受けてるっていう考え方、面白いですね。興味が出てきました。その線で行こうかな。

山﨑　ユング心理学の基本的な文献と家族病理の本を読むといいよ。そうするとクンクンと鼻が利くように、牛河を通して何かの悪の問題が見えてくるはず。その何かを探ってみてはいかがでしょう？　あと、牛河は村上春樹の長編『ねじまき鳥クロニクル』に登場してるので、初代の牛河を知るのもいいかもね。

橘　え？　あれも全三巻ですよね。それも『1Q84』と同じくらいの厚さ…。ちょっと勘弁してください。先生は先ほど、作品を何回も読んで深く潜れっておっしゃっていたけど、長編を何回も読むのはキツイです。とりあえず、シャドウと家族病理の本を当たってみます。

『1Q84』と宗教の問題

山﨑　家族の話が出てきたから、次は山下君。『1Q84』に登場する「さきがけ」や「証人会」という宗教団体に注目したんだよね。家族そろって入信する宗教に、子どもが違和感を持ち始めたらどうなるのか？　けっこういるんですよね、実際に。子どものころに親の方針で入信し、思春期になって自分で選んだ宗教じゃないのに信仰し続けることに悩み始める人が。実際に、青豆がそうだもんね。彼女は信仰のためにクラス内でも一人取り残され、やがて宗教から離れることによって家族からも離れ、天吾に会うまでは孤独なまま過ごす。「さきがけ」や「証人会」について論じようとした山下君は、具体的な問題提起に悩んでいたけどどうなった？

山下　はい、「なぜ物語の中心に宗教団体を持ってきたのか」にしました。「さきがけ」とは何か、これはヤマギシ会やオウム真理教がモデルで、青豆の家族が入信している「証人会」は「エホバの証人」をモデルにしていると考えられるって資料を見ながらゼミ合宿では話し合ったけど、そもそもなぜそこまで宗教を信じられるのか、逆に信じられなくなった人間はどうしたらいいのか、この点に興味がわきました。青豆のように、信者である家族のなかで自分一人だけがその宗教を信じられなくなってしまったら、自分は家族の中で取り残されてしまう。そういった孤独感など考えてみたかったんです。また、「さきがけ」のリーダーを青豆が殺害し、天吾が教団内部のことを書いてしまってからは、「さきがけ」は二人を追う立場にあり、追われる二人はそれによっても強く結びつけられています。宗教の問題は物語の中心にあるものだってわかってきました。天吾と青豆はお互いにお互いを必要としている、それはなぜなのかを考える上でも「さきがけ」や「証人会」という宗教団体が物語の中心に置かれていることの意味について調べてみれば、何か見えてくるのではないかと思います。僕もレジュメを用意してきましたので配ります。

山﨑　山下君はこの宗教問題についてなかなかアプローチできずに頭を抱えていたよね。でも、宗教の問題が『1Q84』の物語の中心にあるって思えたら、スムーズに論の展開が出来たんですね。

山下　はい、迷いが消えたっていうか。いつも先生は問題提起に対し、少なくとも三つ以上の論点で分析しなさいっておっしゃってるので、僕は第一章は「宗教におけるマインドコントロール」、第二章は「青豆と証人会」、第三章を「さきがけとオウム真理教」、この三点からのアプローチを考えてみました。

山﨑　さっき、「なぜそこまで信じられるのか、逆に信じられなくなった人間はどうすればいいのか」って発言したよね。確かに宗教の問題は大きく、そう簡単には論じられないですね。大きな問題は、ダウンサイジングして考えようって助言したよね。それにシンプルに、語の定義づけから行うのもいいって。ああ、言うまでもなく、しっかり第一章で「宗教」とは何かの定義づけを行ってますね、感心感心。ダウンサイジングは、どうしましたか？

山下　そこに書いてあるように、「宗教といっても多くの種類があり、考え方もそれぞれ異なるが、ここでは宗教におけるマインドコントロール的側面から見ていこう」としました。

山崎　なるほど、うん、それなら問題が大きくなり過ぎないで考えられるね。

マインドコントロールと離脱する子どもたち

山下　はい、最初はどこから手をつけていいのかわからなくて。でも、『1Q84』を何度も読み直したら、宗教におけるマインドコントロールの一側面が見えてきたんです。こんなこと書くと敬虔な信者さんに申し訳ないんですけど。僕の先祖は仏教系のお墓に眠ってるから、お彼岸にお墓参りに行く程度で、僕自身は特に熱心に信仰を持っているわけではないので、信仰をもつってことがどういうことなのか、自分自身はよくわかってないのですが。

山崎　うん、デリケートな問題だから難しいよね。でも乱暴に言ってしまえば、教育もマインドコントロールに陥ってしまう危険性もあると言えるんじゃない？　だから私はその教育の怖さを自覚して、文学作品の読み方の基本を教えたら、後はなるべく自分を無色透明にして、学生自らが作品内に潜って何かをつかまえてくるのをじっと待っているようにしているの。正解はあらかじめ用意されているものではなく、自分で問いかけ、自分で答えを見つけてくるものだって、正解のある問題を解くのは大学の受験勉強で終わりだって思うから。

木村　先生、それさっきも聞きました。年とるとくどくなるからなあ。

山﨑　年とる？　はい？　ヤングな私をつかまえて何をおっしゃいます。木村君、減点1だからね。

木村　だから、その「ヤング」とかがジュラ紀の言葉なんですって。

山﨑　わざと死語を使った私のユーモアがわからないのかしら。ま、いいや。

山下君、マインドコントロールの定義は書いてある？　ああ、ありますね。ちょっと読んでみて。

山下　マインドコントロールは「あからさまな物理的虐待をともなわず、グループ内の強力な教え込み効果によって作用するもの」、「その本質は依存心と集団への順応を助長し、自立と個性を失わせる。行動・思想・感情をコントロールすることによって達成される」。ほんとだ、「教え込み」ってことは教育とは無縁じゃないんだ。言葉の定義って重要ですね。これまで結構、言葉を曖昧に使っていたんだなあって気づくことが多くなりました。先ほど先生が誰にとって正しいのかっておっしゃってたけど、自分を基準にするのか、絶対的な超越者、それを神と呼ぶなら、神を基準にして生きるのか、果たして何を基準にするかって難しいですね。第二章で書いた「青豆と証人会」ですが、青豆の小学生時代は、証人会の教義のために、神社や仏教の寺院を訪れるような遠足や修学旅行にも参加しなかったって作品中には書いてあって、「そのような極端としか思えない行動は、クラスの中で彼女をますます孤立させていった」とあります。何だか、小学生時代の青豆って不幸せそうですね。

新垣　でも、僕の友人は、信仰をもたない人の方が不幸だって、何もなくてからっぽで可哀そうだっていってます。

山﨑　宗教の問題は大きいし、ここで議論するのは避けましょう。次のゼミ合宿で討論してみようよ。では、第三章「さきがけ」とオウム真理教について山下君、手短かに説明をお願いします。

山下　まず、『1Q84』に書かれている「さきがけ」を簡単に整理すると、最初から宗教団体としてあったわけでなく、元々小さなコミューンとして始まり、都市から逃れた新左翼グループが中核となって運営されていたとなっています。ある時期から宗教法人として認証を受けました。この宗教団体はオウム真理教がモデルと考えられるので、その方法を参考にすると、信者を修行と称する情報の遮断や睡眠不足、栄養不足など特殊な状況のもとで思考力低下に陥らせて、信者が自分の頭で考えられなくなったときに、絶対的な命令を与えられ、それに従ってしまうそうです。これもマインドコントロールですよね。「さきがけ」では、少女レイプも行われています。霊的な力を受け取るということで、まだ初潮を見ない少女をその親がリーダーに差し出しています。マインドコントロールって正常な判断が出来なくなるので悲惨な結果を招きます。

先生、ここまでは出来たのですが、どうも平板な気がするし、「なぜ物語の中心に宗教団体を持ってきたのか」という問いに対する結論にどのように着地させればいいのか、悩んでいるのですが。

山崎　いま、山下君が分析してくれたのは、宗教におけるマインドコントロール的側面、そしてその怖さだったけど、青豆、ふかえりは、その渦中にいて、そこから抜け出してきた人物ってことだよね。そういう意味で力のある存在だし、あちら側からこちら側に渡ってきた二つの世界を知る媒介者ということも言えるよね。この二人に対して天吾はどうだろう？　彼は二つの世界を知っているのかしら？　天吾のことはどう？

山下　そうなんです、天吾は青豆と同様に物語の中心にいるので、彼をぬかしては考えられないんだけど、天吾は宗教をもっていないし。

山崎　私は教育もマインドコントロールになってしまう怖れがあると言ったけど、親子間で行われる教育はどうなんだろう？　親は子どもに幼少期からしつけを行うし、また自覚的に教育をしなくても、子どもは家庭という密室空間で親を見て育つよね。子どもは思考力も知識も乏しく、あらゆる点で無力だよね。考えようによっては親子関係もマインドコントロールって言えるんじゃない？　今回はもう一つ章を増やして、第四章に天吾と父を中心にした親子関係からみたマインドコントロールとして考察してみたらどう？

山下　そうですね、考えてみたら天吾は青豆が証人会を脱した十一歳の時に、日曜日に父親に連れられて集金に回ることを拒否しています。そうすると親子間で行われるマインドコントロールから覚醒した天吾っていう像が見えてきますね。

山崎　そうね、天吾も青豆もマインドコントロールから覚めることは、家族との離別を意味することだった。それは一人ぼっちの孤独を味わうことだった。けれど、二人ともそうせざるを得なかったし、だからこそ、二人はお互いがお互いに必要な存在として結びついたんじゃないかしら。

山下　「なぜ物語の中心に宗教団体を持ってきたのか」っていう僕の問題提起、その側面から結論が導けそうです。

山崎　「宗教団体」というように、団体対個人の対比も興味深いところね。村上春樹作品には徹底的に個人で生きていく主人公が多く描かれているので、その反措定として宗教団体を立てたかもしれませんね。あと、村上春樹作品にはこれまでも家族の理解を得られない主人公が多く登場していて、唯一の理解者である恋人を失って深い喪失感を味わう物語も多いのです。

青豆とマーシャルアーツ

山崎　では、次にいきましょう。朱雀さんは青豆とマーシャルアーツについて調べてくるのでしたよね。何かわかりましたか？

朱雀　はい。調べてみたら結構納得がいきました。青豆はスポーツクラブのインストラクターを務めていて、筋肉ストレッチや睾丸蹴りなどの護身術、そしてマーシャルアーツを担当しています。なぜ青豆に「マーシャルアーツ」という技を身につけさせたのか、その意味をぼんやりとですけど摑めた気がしています。私もレジュメを書いてきたので配布します。

山崎　「なぜ青豆がマーシャルアーツを学んでいたか、その意味について考えたい」、これが問題提起ですね。まず用語の説明からお願いします。

朱雀　はい。マーシャルアーツは日本語でも使われている中国語の「武術」を英訳した言葉で格闘技全般を指す言葉です。海外でのマーシャルアーツは、単に格闘技を指す言葉ではなく、オリエンタリズムと強く結びついた東洋の格闘技と関連付けられることが多いのです。ゲームなどのフィクション（特に対戦型格闘ゲーム）で格闘スタイルとしてマーシャルアーツとある場合、アメリカ軍隊格闘術のことを指していることがあり、例として『ストリートファイターⅡ』のガイルなどが挙げられます。

山崎　ああ、『ストリートファイターⅡ』という例を上げてもらえば、わかりやすいですね。

でも、オリエンタリズムと結びついているなんて知らなかった。面白いですね。私はマーシャルアーツって言葉、『1Q84』で初めて知ったのだけど。具体的にはどんなスポーツなんだろう。

朱雀　端的に言えば、「マーシャルアーツ」といった格闘技自体は存在しないようですよ。

山崎　先ほど格闘技全般を指すって説明があったものね。オリエンタリズムと結びつくって言葉、気になりますね。

朱雀　東洋の精神性を指している気がします。東洋の文化には「無意識の世界」があって、この無意識に自分の判断が支配され判断に誤りが生じないように、精神性を鍛える。それが東洋の武道にはあると思われているみたいです。無意識を鍛えることは、敗北の原因を克服するのに有効だと考えられてるのではないかと思います。

山崎　そういえば、二年前に在外研究で一年間パリにいた時に、この五年間日本ブームが続いているって言われてたけど、日本のマンガ、アニメ、ゲームがすごく人気があって、七月には日本で言えば東京ドームのようなところで、フェスティバルが開かれていました。フランス人が日本のマンガやアニメのコスプレを楽しんでいて、とっても盛り上がっていました。『ベルサイユのばら』のコスプレなんて、本家本元だから似合うのなんのって。見ていてうっとりしちゃった。その時に、武道コーナーもあって、柔道や合気道や剣道などフランス人が熱心に披露していたわ。そういえば旅先でも「日本人か？」と聞かれ、私が「そうだ」と答えると、そのおじさんは「私は合気道をやっている。日本人の精神性は素晴らしい」と誇らしげに言うの。だから私は調子に乗って「私は剣道をやってるのよ」と威張ったら「ははぁ」と合掌して私を拝むの。

木村　へぇー。フランスで日本がそんなに人気とは。やっぱりマンガは読むべきですね。日本の文化なんだから。僕、自信もっちゃったな。立派に国際交流できますね。

山崎　そうね、木村君は私の二年生の基礎演習でマンガで研究発表してくれたもんね。それにしてもあの全94巻の長い作品、読むのが大変だったなあ。

山下　先生、僕は柔道やってるから、フランスに行けば尊敬されるんですかね？　今度、行ってみたいなぁ。

山崎　山下君は柔道三段だっけ？　風格があるから大モテでしょうね。そういえば、天吾も柔道やっていたよね。さきほどオリエンタリズムって言葉が出てきたけど、日本や東洋は精神性の高い国として神秘化しているところがあったように思います。現在の実際の日本を見たら…。

木村　先生、どうして僕を見るんですか？

山崎　さて、朱雀さん、マーシャルアーツの説明はわかったけど、なぜ青豆はマーシャルアーツを学んだのか、この問いについてはいかがですか？

朱雀　はい、青豆は柳屋敷の老婦人に頼まれて、DV（Domestic《ドメスティック》 Violence《バイオレンス》：夫婦間の暴力）被害を受ける女性の救済のため、その夫を殺害します。人を殺すということは、一線を超えるということですから、相当な精神力が必要です。しかも失敗は許されない。そういうことから精神性の高い武術を選んだのだと思います。

山下　僕も柔道をやっていて、子どもの頃は強くなりたい、早く黒帯を締めたいっていう気持で頑張ってきたけど、次第に弱い自分に何度も気づかされ、それを克服しようと、それを目標にやってきた記憶がありますね。

山﨑　だから山下君は一年生の時からどこか芯があるっていうか落ち着いてたんだね。

朱雀　あと、私が読んだ資料にはこんなことも書いてありました。格闘技は殴ったり蹴ったり首を絞めたりして、恐怖心が伴います。つまり、実践は無意識に支配される確率が高いんです。無意識状態でも一〇〇パーセントに近い実力が出せるよう反復練習を行い、自分を見つめ直すんです。無意識状態を通じて自らの中に潜む敗北の要素を第二の自分を創り冷静に省みる科学だって資料にはありました。

山﨑　よく調べましたね。そうすると青豆がマーシャルアーツを選んだ理由が明確になってきますね。次に、青豆というキャラクターの分析を担当する新垣君、青豆について説明してください。

青豆とジェンダー

新垣　はい、青豆こと青豆雅美は二九歳の女性で、スポーツインストラクターとして登場します。両親が宗教団体である証人会に入会し、青豆自身も信者として過ごします。先ほどから話が出ているように、その環境が嫌で一人家族と離れて脱会します。その後、東京に住む叔父夫婦に引き取られ、中学高校とソフトボールを生きがいとしていた頃に、都立高校ソフトボール部でチームメイトの大塚環と出会い親友となります。環とは社会人になっても交流を続けていたのですが、二六歳の時に彼女の自死を機に退社し、ソフトボールをやめてスポーツクラブのインストラクターとなりました。周到な計画と準備を経た一年後、環にDVを繰り返していた元夫を殺害し、それがきっかけで、富裕な老婦人のもとで、弱い女性を救う正義のために、DVをふるう夫をあの世に送り込む任務を果たします。青豆は、職業柄、人間の身体について熱心に勉強し、筋肉の鍛え方なども熟知しています。

山崎　はい、そこでとりあえずストップしてください。朱雀さん、このような青豆ですが、そろそろ結論の見取り図を語ってもらいましょうか。

朱雀　青豆がなぜマーシャルアーツを選んだのか、という点ですよね。先ほども言いましたが、スポーツ医学の知識も合わせ、武道の心により無意識を操ることが出来たから冷静な「連続殺人犯」となり得たのだと思います。あと、学生時代にソフトボールをしていたことも大きかったと思うんです。ソフトボールは広範囲の多様な技術や動きが必要なスポーツで、スピードや瞬発力とともに全身の柔軟性も大切となってきます。青豆は以前から全身くまなく鍛えられてたのですから、あとは精神性を鍛えれば、この上なく強くなれるのではないかと思いました。

山﨑　ジェンダー（文化的・社会的な性差）の視点からはいかがですか？　つまり、格闘技を女性が学ぶということについて、何か考えがありませんか？

朱雀　はい、その点も考えました。青豆は警官が持つ拳銃にも詳しかったのに、なぜわざわざ素手で戦う武術を選んだのか、という点が気になったんです。だけど、作品中で女性が拳銃を扱うのは難しいってあったので、意外に思いました。それまでは生まれつきの体の大きさ、筋肉や骨格など女性は男性より小さい人が多いし、筋肉もつきにくいとか骨も細いイメージがあったので、肉体では負けても、武器を使えば逆転できるって思ってたのに、拳銃使うのも結局は筋肉を使うのかって思って、ちょっとショックでした。

山﨑　そうね、私も肉体における男女差を感じることがあるけど、ジェンダー学ではそういうことは認められないっていう文献を読むたびに、頭では理解できても、目の前に自分より大きな体が立ちはだかるとやっぱり恐怖心を覚えるもんね。それも女性の巨体が立ちふさがるより、男性の方が威圧感があるっていうか、とっさに恐怖を感じるもの。でも、これも文化的に刷り込まれたものなのでしょうね。先日、ゼミ合宿の夕食の際に話題に出たTVドラマの『ラスト・フレンズ』をDVDで観たんだけど、上野樹里演じる性同一性障害の女性が、錦戸亮演じるDV男の家に抗議に行ったシーンで、あの小さくてひ弱そうに見える錦戸君に、モトクロス選手で、日ごろ筋力トレーニングを熱心にしている上野樹里が簡単に組み敷かれているシーンを見て、屈辱っていうか、鍛えてるのに結局は女の体だから男に負けちゃうの？　って思ったなあ。ああいう場面が知らず知らずにインプットされて、女は弱いって思っちゃうんでしょうね。ああ、でも錦戸亮ってカッコイイよね〜。悪役なのに、なんか悲哀感があって。

木村　先生、この間は嵐のニノってサイコーって言ってましたよね？　確か、その前はV6の森田君とか。結局、若ければいいんですか？

山﨑　ええ、まあ…。え？　いや、そんなことはないです。ほんのちょっとなら年上もオッケーです。でも、出来れば年下の方が…。

水嶋　先生、話が脱線しています。元に戻してください。

山崎　すみません…。で、男女間の肉体の、特に筋力の差異という側面から、朱雀さんは調べてくれたんですよね。やはり、筋肉は鍛えれば男女差は関係なくなるの？

朱雀　はい、結論から言えば差はないってことになります。筋肉はトレーニングを行えば肥大化して、より力強い運動が行え、男女差はなくなるそうです。それは、筋肉は基本的に負けず嫌いなので、自分に向かってくる強い力や重さが、自分の能力以上のものであっても、それに対抗しようとする性質があるんです。だから負荷をかければかけるほど、それに負けまいと筋肉は力を蓄えようとします。だから鍛えれば鍛えるほど筋力は強くなれるんです。これは、動物としての人間にもともと備わっている、自分の生命を守るための防護機能のひとつと考えられるって文献にはありました。筋肉の構造上筋繊維が太い方が力を発揮し、その筋繊維の本数は生まれ持った数から変化することはないので個人差はあるのですが、男女の一つの筋肉に占める両者の割合に差はない。つまり、女性は筋繊維を太くする行為（筋肉トレーニング等）を行えば男性と同等、またはそれ以上の力を出すことが可能なんです。

山崎　よく調べましたね。わかりやすかったですよね、みなさん。

新垣　ほんと、よくわかった。そうなってくると『1Q84』で青豆がマーシャルアーツを学んでいる理由が明確になってきました。

朱雀　まとめに入らせていただきます。青豆が例えば拳銃や剣術といった「武器」を使った格闘技を学ばず、自身の心身を鍛えぬく武道を学んだのは体力のない者──一般的にいえば女性が、体力の優れた者──一般的にいえば男性に勝つには、心の構造自体をよく知り、身体と心の関係性を、自分自身と向き合うことの中から理解していくことが大変重要であり、武道の理念である「柔よく剛を制す」を体現するために必要不可欠であると同時に、自らの心を成長させるためにもっとも大切なことだとマーシャルアーツ（格闘技）を通して学んだからではないだろうか、というのが私の答えです。心を鍛え無意識を操り、肉体を鍛え自己防衛を高め男性とも渡り合える「青豆」という自分自身を創る必要があったのです。

精神分析学的視点

山崎　朱雀さん、よく調べましたね。では次に無意識っていう言葉が出てきたから、安田恭子論を担当した石割君、発表お願いします。確か、安田恭子の見た夢を手掛かりに彼女の抱えている闇に迫るのでしたよね。

石割　はい、ジークムント・フロイトの『夢分析』はけっこう難しかったのですが、参考図書の『夢辞典』やわかりやすく書かれた心理学の本や夢関連の本を読んで考えてきました。まず、安田恭子について紹介します。レジュメを見てください。安田恭子は二人の女の子を持つ主婦であり、さしたる家庭の不満はないが、夫との関係、おそらく性的な面において不満を抱えている。十歳年下の天吾と週一回会い、性交する関係である。天吾には、自分の母親が白いスリップの肩ひもを下げ、父親ではない若い男に乳房を吸われているシーンを見ている、一歳半の記憶がある。当然、一歳半のときにそんなに明確な記憶が残るわけはないのだが、この場面は二九歳になった今でも天吾の脳裏に焼き付いている。一度、安田恭子に白いスリップを着てもらったことがあったが、天吾はすぐに射精してしまった。後になって天吾は母の写真を見て恭子に似ていると思う。

以上のような女性なのですが、僕は安田恭子が見る夢が不思議な夢なので、ここに注目して『1Q84』における安田恭子の存在理由のようなものを探ろうと思っています。まず、彼女の見る夢なのですが、レジュメに引用している通りBOOK1、五四六ページにあります。不吉な森でなく明るい森の中を恭子はひとり歩いているのですが、行く手に煙突のある小さな小屋があります。ノックして挨拶するけど小屋には誰もいない。鍵が閉まっていないので入るととてもシンプルな作りで、台所があり、ベッドがあり、食堂があり、真ん中には薪ストーブがある。

テーブルには四人分の料理がきれいに並べられている。お皿から白い湯気が立っている。ところが、うちの中には誰もいない。怪物みたいなものがひょいと現れて、みんながあわてて外に逃げ出していったみたいな感じである。恭子はそこに腰かけてそこに住む人の帰りを待つ。日が暮れて小屋の中も薄暗くなっている。周りの森はどんどん深くなっていく。小屋の中の明かりをつけたいんだけど、つけ方がわからない。恭子は次第に不安になっていく。そしてあることにふと気付く。不思議なことに、料理から立ち上る湯気の量はさっきから全然減らない、何時間もたっているのに、料理はみんなほかほかのままである。このように天吾に語った後、恭子はこの夢の一番怖いところは、自分がその怪物なのではないかっていうことだと語っています。

夢についてですが、フロイトによれば夢の主要な機能の一つは、「願望充足」であると言っています。無意識に抑圧されている願望が夢に現れるということです。ユングは夢に「補償機能」があると言っています。そして、夢は私たちの意識的態度やパーソナリティの一面的なかたよりを補償する役割を持っていると考えるのです。体の機能のバランスを保つホメオスタシス（自己調整機能）の働きと同じように、夢は心のバランスを保つ役割を持っているというのです。

夢はおそらく、内界（心の内面）と外界（外的現実）から受ける影響のバランスを保つために、内的要求と外的現実の間を調整するインターフェイス（仲介装置）のようなものとして幅広い機能を持っていると思われます。

また、夢には「問題解決」や「創造性」のはたらきがあります。現実に直面している問題解決が困難なとき、夢が問題を解くヒントを与えてくれることがあるというのです。覚醒している間に僕たちが一度に利用できる情報の量は限られていますが、夢では日ごろ意識していない記憶や無意識にある情報が動員されて問題の解決がなされるのです。

山﨑　よく調べましたね。石割君は安田恭子が見た夢が不思議で興味があるから、夢解釈を試みたいって言ってましたけど、解釈は出来ましたか？

石割　はい、フロイトやユングの本を読んで自分なりに考えてみました。入門編の本だったのですが、少し理論の基礎を学んだだけでも、けっこう見えてくるものなんですね。先生が普段から、分析するには資料と方法が必要である、とおっしゃっていた理由が今回のことで良くわかりました。

山﨑　そうね、単なる感想文に過ぎないじゃないですか？　と言われないために、方法は必要です。そして論証するには、先行研究やデータや先ほども話題に出た作家の作品傾向や作家自身のことなどの下調べが必要ですね。石割君は、安田恭子論を担当するって決めたのはいいけど、どこから分析していっていいか頭を悩ましていたよね。

石割　はい、なんか謎を感じる女性で、なぜ夫がいるのに、しかも子どもも二人いて幸福そうな家庭の主婦が、浮気なんかしているんだろうって不思議でした。けれど、そんな女性週刊誌的な興味よりも、恭子が抱えている心の闇を知りたいと思って、自分が担当しますって名乗りを上げたんだけど、なかなかうまくいかなくて。でも、先生が恭子の見る夢に注目してみるのも一つのとっかかりになるし、夢解釈ならフロイトやユングの夢解釈に関連する書物を読めば、何か見えてくるのではないかっていうアドバイスが役に立ちました。なんか、我ながら手応えのある分析が出来たように思います。

山﨑　それはよかった。では安田恭子の夢解釈をしてもらいましょうか？

安田恭子の夢の分析

石割　はい、まず、恭子が森を歩いている際に「温かい」と感じていることに注目しました。「温かい」とは、日の光や心地よさと共に夢に現れます。身体的な快適さと健康感、家族的な支え合う感情など、愛と健康と希望に満ちた状態を表します。「考えをあたためる」というような意味で、何かに対して「準備する」心の状態を表すこともあります。ここで注目されるのは、何かに対して「準備する」心の状態です。このときに安田は何かに対する準備を考えていたとも考えられます。

煙突は誕生への道、内的温かさなどを表し、窓は自分自身の心の中で、またはほかの人々との関係において、物事を視覚的に捉えたり、客観的に認識することに深く関わっています。ここまでの夢の解釈は、安田恭子は何かの準備が調い、何かを生み出そうとしているので、そういう状態を客観的に見て何かを認識しようとしている、と言えるのではないかと思うのです。

山崎　面白いですね。こうやって細かく考えていくことで謎に包まれている安田恭子の内面が解ってきますね。先を続けて下さい。

石割　はい。次にドアが出てきますが、ドアは何らかの境界を示しているものであり、ドアが感情の変わり目を示す場合は、抑うつ的な状態やさまざまな感情の変化を表します。また、人は自己の主体性を維持するために時に他人を締め出すといった心の動きもしますが、その締め出す状態をドアが示すことがあります。つまりドアは、打ち解けない態度や感情、逆に心を開き他人を受け入れること、あるいはある環境から離れたり、関係を絶つこと（逃避）を意味するということです。ここでドアのもつもう一つの意味に注目して考察してみると、安田恭子は家族との関係を絶ち、もう一つの入り口であるドアを開け、天吾と新しい環境を築こうとしていたのではないかとも考えられます。

一方で、部屋の中の台所は創造性を発揮すること、食堂は家族的な触れ合い、料理は母の役割と小屋の中は家族を表しているのではないかと僕は思いました。けれど、小屋の中には誰もいない…。このことを踏まえると恭子は家族の帰りを待ち続けていたのではないかとも考えられます。待つというのは助けてくれる人や自分を支えてくれる環境を探しているという意味があるので、恭子は実は恭子自身の飢えを癒してほしくて家族に助けを求めていたのではないか、それなのに家族は誰も帰ってこない、つまり恭子を家の中にひとり孤独なまま閉じ込めて、誰も彼女を救おうとはしない。待ち続けている恭子は、何かが間違っていることに気付く、そこで恭子の夢は終わってしまう。

倉持　そう考えると安田恭子ってすごく孤独なんですね。天吾の傍にいる人って、孤独な人が多いんですね。

橘　牛河も孤独ですよ。生まれ育った家族の中で孤独、そしてけっこう美人の奥さんと結婚して奥さん似の娘がいて、それでも家庭内ではどこか家族に心を許さず孤独を感じていて、結局離婚して今は一人暮らしですもん。

山﨑　いま、日本の現代文学の中で、世界で最も多く読まれているのが村上春樹だと思うけど、世界がなぜ村上春樹を読むかと言えば、以前の川端康成や三島由紀夫の受けとめられ方に見られるゲイシャガールや古都の世界、切腹、武士道といったオリエンタリズム的な興味ではなく、全世界の人々が村上春樹の描く孤独感や大切な人を失ってしまった喪失感に共感しているからだと言われているの。安田恭子も一見して、何不自由のない幸福な家庭の主婦と外側からは見えても、実際にはひどい孤独感にさいなまれていたんでしょうね。石割君の夢分析でさらにその部分が見えてきましたね。

石割　はい、先ほど言った恭子が感じた夢の中の「間違い」とは、なぜ自分はここにいるのだろうという恭子の疑問なのではないかと僕は思いました。待っていても来ない家族を待ち続けることに疑問を覚えるのと同時に恭子は自分のどうしようもない孤独を悟ったんです。このような恭子の心の根底にある孤独を埋めるために天吾との関係を続けているのではないかと、以上の夢診断から考察しました。

山﨑　よくわかりました。安田恭子という人物分析はこれでかなりの面が言えたのではないかと思います。フロイト以降、夢は人間の無意識を表わすものだという考えが定着していますが、小説も無意識を掘る作業ともいえるので、夢を小説に生かす作家も結構いるんですよ。たとえば、芥川賞作家の笙野頼子。受賞作品の『タイムスリップ・コンビナート』はマグロと恋愛するんですからね。

水嶋　マグロって、あの大きな魚の？　いま、高値で取引されてますよね。僕も好物で回転寿司で良く食べます。

山﨑　そう、あのマグロよ。夢という装置を使って、固定化された現実を超えるの。そうすると普段見えない深層が見えたりするのね。面白いのでぜひ読んでみて。

天吾の「母の記憶」

石割　先生、レジュメにも書きましたが、僕はこのあと安田恭子と天吾の関係にも言及しているので、ぜひ聞いてほしいんですけど。

山崎　そうね、石割君は前回は不調だったけど、今回の分析は絶好調ね。時間配分的に厳しいけど、では、もう少し時間を取りましょうか。悪いけど、急ぎ足でお願いね。

石割　先ほども説明したように、天吾と母の写真と安田恭子が似ているというシーンがあります。天吾は一度、恭子に白いスリップを着てもらい天吾の幻影に出てくる男と同じ格好で恭子の乳首を吸ったとき、身を震わせ激しく射精をしました。記憶の映像を具現化した時、性的に非常に興奮するっていうことに注目したんです。端的に言ってしまえば、恭子は性的な満足感を与えてくれる関係のみならず、天吾にとって母親のようなものなのではないでしょうか。『源氏物語』の光源氏が母に似た藤壺に恋情を抱くような感じなのかとも思いました。

もう一度フロイトに戻ると、フロイトの死後に出版された1940年の『精神分析学概説』では「子供の最初の性的対象は養育する母親の乳房である。愛情は食べ物に対する欲求を満たしてくれる対象にその起原を有する。母親は子供の世話をすることで最初の誘惑者になる。母親は人生における最初にして最強の愛情対象であり、またその後のすべて愛情関係の原型となるものであって、全生涯を通じて比類のない普遍で独自の関係なのである」と述べています。

フロイトのいう母親は最初にして最強の愛情対象者でありその後のすべての愛情関係の原型となるものというのです。これは天吾にとっての安田恭子の存在と言えると思います。

天吾は幼少の頃に見た、母が父ではないほかの男に抱かれる幻覚に悩まされています。幻覚というのは、自我の機能がうまく働かなくなってバランスが崩れたり、状況に対応するのに必要な機能が十分に働かなかったりすることで起こるものらしく、それほど幼少の天吾が目撃した母をめぐる愛情関係や母の性関係は天吾の心に何かしらの大きなトラウマとなって刻印されています。天吾が安田恭子と不倫関係を続けていたのは、単に同年代のガールフレンドとの関係が面倒だったというだけでなく、安田恭子でなければならなかった理由があると思いました。つまり、自分でも気づいていなかったかもしれないけど、恭子に母のイメージを重ね合わせていたんです。

橘　…ってことは、天吾はマザコン？

山﨑　そうなってくると、フロイトの言うエディプスコンプレックスまで説明することになりますね。うーん、時間的に厳しいな。もう授業時間が終わってしまう。

石割　エディプスコンプレックスは有名な理論だから、いまさら説明しなくてもいいと思いますけど、『海辺のカフカ』でもそうだったし。

山﨑　そうね、作品傾向や作品通史的にも欠かせない要素ね。では、簡単に説明してもらいましょうか。

石割　はい、手短かにします。まだ発表していない二人が怒って僕を見てる…。エディプスコンプレックスとは、子供は生後一年後から三年後ごろになると性別を意識するようになり、男の子は母親に、女の子は父親に愛着を持つようになる。たとえば、男の子は、母親を自分の恋人として意識し、母親を独占したいと考える。父親はライバルだから、「父親を殺して母親を自分のものにしたい」という願望（エディプス願望）が生じる。

天吾は、母を抱いている男に心の底でライバル意識を燃やしていたのではないかと推測できます。

山﨑　そうね、最近の研究では男の子は母親に、女の子は父親に愛着をもつって言うのは誤りだ、女の子も母親に愛着を持つんだっていう理論の方が優勢だとは思いますが。まあ、もう百年前の理論ですからね。それはともかく、石割君の分析のおかげで、安田恭子像が良く見えてきましたし、天吾の幻想の意味も摑めそうですね。

木村　先生、残り時間が２分になってしまったんですけど、僕の担当の『１Ｑ８４』とジョージ・オーウェルの『１９８４年』の関係、リトル・ピープル対ビッグ・ブラザー分析は来週に回すんですか？　せっかく考えてきたのに…。

新垣　僕の青豆雅美分析も来週ですか？　僕、ひらめいたんですよ、すごいことを！　青豆雅美は天吾の書いた小説の中の人物だって。

山﨑　そうね、どちらも時間がかかりそうだから、来週にしましょう。せっかく準備してきてもらって残念だけど、ごめんね。

木村　えー、まだ僕は答えが中途半端だから、ゼミでみんなの意見を聞きたかったのに。

新垣　僕もこのひらめきをみんなに伝えたかったのに。

山﨑　ごめん、ごめん。あ、チャイムがなっちゃった。では、本日のゼミはこれで終わりにします。話し足りない人は研究室にどうぞ。お茶でも飲みましょう。

札幌大学山﨑演習Ⅰの実践を踏まえて書きました。
演習Ⅰのみなさんへ感謝を捧げます。

課外活動2 卒業生訪問

ビジネスは文学です！

——通訳サービス会社社長・工藤紘実さんにきく——

国文科出身の先輩で、通訳・翻訳サービスの会社「テンナイン・コミュニケーション」を立ち上げ、経営者として活躍中の工藤紘実さんに、大学進学から就職、起業の経験談、企業人として考える勉強や仕事のことをおききしました。

「絶対国文科！」の文学少女

——大学はなぜ国文科を選ばれましたか？

子どもの頃から本を読むのが好きで、高校生の頃は、三島由紀夫や太宰治に夢中だったんです。特に三島の美しい文章は、憧れでしたね。大学に行くなら、絶対国文科と決めていました。大好きな文学を毎日勉強できるなんて、どんなに幸せだろうと思って。入学後は近代文学を専攻して、時間もたくさんあったので、思う存分好きな本を読んで、東京での大学生活を楽しみました。

——早い時期から言葉や文章に対する興味がおありだったのですね。

言葉そのものというより、表現力、伝える力、今考えると結局コミュニケーションに興味があったのだと思います。言葉や文章に対するこだわりというのはその頃からありましたし、小説家になりたいという夢を持っていました。実は今も変わらないんですよ。新入社員面接などで「社長の夢はなんですか？」ときかれて「小説家」と答えるとびっくりされます（笑）。

白紙から起業へ

――卒業後は大手商社に就職されましたね。

私が卒業した頃は、男女雇用機会均等法の施行前で、四年制大学卒業の女子の就職は難しい時代でした。それで、自分に何が向いているとかそういうことにはこだわらず、最初に内定をいただいたところに行こうと思っていました。自分が何に向いているかという答えは、自分の中ではなく、他人との関わりあいの中で見つけるものだと思っていました。チャンスを与えてもらえるならやってみようとか、そういうことを大切にしてきたと思います。

――商社退職後、通訳・翻訳会社に入社されましたが、その仕事に興味がおありだったのですか？

いいえ、それが全然（笑）。何をする仕事かもよくわからなかったんですよ。白紙でした。嫁いだ先が日本橋で商売をやっていて、その辺りでは、専業主婦の奥さんは家業を手伝うのがあたりまえでしたが、私は夫婦で同じ仕事をしていたらそれがうまくいかなくなった時に困ると思って、求人情報誌で仕事を探して働き始めました。その仕事が、通訳者とクライアントの橋渡しの仕事でした。現在弊社では、通訳・翻訳者が四〇〇〇人くらい登録していますが、海外の方もたくさんいます。いろんな価値観があって、それに触れることがこの仕事の醍醐味です。そして、プロ意識が高く要求も厳しいフリーランスの方たちと仕事をするのは、たいへんなプレッシャーでしたが、その緊張感の中で仕事をするのが、楽しくて。自分が成長していける気がしました。そうして二社で十一年経験を積み、起業しました。

勉強は地下水のようなもの

――どうやって外国語や経営などを勉強されましたか？

私たちコーディネーターは、通訳者のように英語が堪能な必要はないので、英語に関しては、ふつうの勉強で対応できる程度でした。経営に関しては、まったく分からない状態で会社をつくってしまったので、起業後に勉強会に行き始めました。実際の仕事の中でわからないことをわかろうとする勉強は、吸収率が良いものです。そうやって仕事をしながら勉強してスキルを身につけていきました。

――勉強に対してお考えが柔軟ですね。

学生さんでいえば、就職のために勉強するということだけが勉強ではないと思います。勉強って地下水のようなもので、すべてつながっています。会社員時代に、ずっとこの仕事をしていけるか不安になって、六年間シナリオの勉強をしました。その後起業してプロのライターにはならなかったので、苦労して勉強したのになあ、と思っていましたが、実はこの春、本を出版するんですよ。『英語が会社の公用語になる日』（中経出版）という本で、突然英語が公用語になった会社に勤める英語の苦手な男の子と女の子が、英語を一生懸命勉強して、違う価値観に触れることで人間的にも成長するというビジネス小説です。シナリオを勉強していなかったら書けなかったと思います。人生に無駄な経験はひとつもないと思います。すぐに役立たなくても、やりたいことを一生懸命やれば、いずれかならず何かにつながっていきます。

ビジネスは文学！

――就職難の時代ですが、若い人が仕事につくために何が必要でしょうか?

働ける場所はかならずあります。安定を求めて大手志向が強いようですが、私自身、小さな会社で何から何までやらせてもらった経験があったからこそ今の仕事ができるのだと思います。すでに一流の会社に入ろうと思えば就職難かもしれないけれど、これから一流になろうという会社に入るのは、そんなに難しくないと思いますよ。受け入れてくれる所に、とびこんでみてほしいです。そして、就職したら勉強おしまい、ではありません。成長し続けるためには、一生勉強です。

——国文科で学ぶことを、どのようにその後の人生に広げていったら良いでしょうか?

私は、「ビジネスは文学!」だと思います。これだけインターネットが普及している時代で、ビジネスの上で文章の力はとても大きいと思います。言葉は人の心に訴求することのできる非常に強いツールです。ビジネスでは、誰のために何ができる、ということを伝えることが大事ですし、それはつまり表現するということです。そういう意味で、「ビジネスは文学」だと思うのです。通訳も、言葉をそのまま単純に置き換えればいいというものではありません。文化や言葉の背景を考慮して、アレンジして再表現する必要があります。人の心に伝わる言葉を持ち、適切な言葉を選ぶには、やはりたくさんの本を読んで理解力や表現力を高めることです。そうやってコミュニケーションの力を高めれば、いろいろな仕事に対応できるようになると思います。

——元気と勇気のでるお話をありがとうございました!

4限目

現代日本語文法演習

半沢幹一

この授業では……

演習とは、学生主体の授業で、教員はみんなの議論を円滑にする進行役です。議論の前提として、課題担当学生が調査結果を発表します。普通はそのための配布資料を用意します。

この演習は、日本語の現代文法を取り上げ、ことばの一つ一つの用法を検討し、その元になる仕組みを考えるものです。学生各自が仕組みを理解し、説明できるようになることが目標になります。

担当教員：半沢幹一（はんざわ・かんいち）プロフィール

日本語を生きることを自覚して以来、日本語をとおして表現するとはどういうことかを、ずーっと考え続けていますが、やっぱりよく分かりませんし、うまく使えていません。その哀しみに耐えつつ、授業を行い、研究に励むフリをする、果てなき日々です。

メッセージ

母語の日本語だから普通に使えると思っているとしたら、とんでもない誤解です。単に垂れ流しているだけ。いやしくも大学生になったら、日本語に関する教養を身に付けなければなりません。ことばの仕組みが分かるとはそういうことです。

助動詞「です」

今日のテーマは「です」

半沢 それでは、授業を始めまーす。今日のテーマは、助動詞シリーズ第3弾の「です」でしたね。その前に、前回「れる・られる」を担当した井上さん、何か補足がありますか？

井上 とくにはありません。ただ、ラ抜きことばは使わないよう気を付けれるようになりました。

半沢 結構なことではありませんか。でも、「付けれる」ではなく「付けられる」ですから。大丈夫かなあ。

では、今日の下調べを担当した阿部さんから、「です」のポイントをあげてもらいましょう。阿部さん、よろしく。

阿部 はい、えーと、配布プリントにそって報告します。まず、文法のテキストなどでは、「です」は、①断定という意味を表す助動詞、②丁寧な言い方、③名詞に接続、④活用形は未然形が「でしょ」、連用形が「でし」、終止形と連体形が「です」、仮定形と命令形はなし、となっています。

半沢　はい、とりあえずここまでにして、順に1項目ずつ確認していきましょう。はじめに①についてですが、助動詞とはどういう品詞かは、前に取り上げたので、説明を省いても大丈夫ですよね。（二、三人うなずく者あり）。断定という意味を表すというときの「意味」というのは、自立語の場合とは違っていました。念のため、聞いてみましょうか。では、うなずいていた馬場さん、どのように違っていましたか？

馬場　いきなり私ですかあ。……たしか、自立語の「意味」というのは概念のことなのに、付属語でしたっけ、の「意味」は文法的な働きのこと、だったような気がします…。

半沢　そうです、そうです。だから、「断定」というのも、表現してあることがらについて、たしかにそのとおりだという、話し手の判断を示す働きをしていることになるわけです。ここまではいいですよね。

断定の「です」

半沢　さて、そこで一つめの質問です。「断定」以外の判断のしかたには、どんなものがあるでしょうか、陳さん。

陳　……。

半沢　答えが出てこないか。では、ヒント。助動詞の一覧表の「意味」の欄を見てみてください。

陳　…「打ち消し」とか、…「推量」とか、ですか。

半沢　そうなんです。「断定」がはっきりしている判断なのに対して、「推量」は不確かな判断、「打ち消し」は対象となることがらを否定する判断をそれぞれ表しているわけです。

阿部　先生、他の、「受け身」とか「過去」とか「完了」とかも、判断なんですか？　なんだか違うみたいな気がするんですけど…。

半沢　さすが担当者！　広い意味ではどれも話し手の判断と言ってよいのですが、より細かくは、いくつかの種類に分けられます。でもその説明はちょっとややこしいので、今は立ち入らないでおきましょう。

　では、次の問題です。「断定」の助動詞には「です」以外に、何があるでしょうか。太宰さん、あげてみてください。

太宰　はい、「なり」と「たり」です！

半沢　うーむ、当たってはいますが、それは古語ですよね。現代語ではどうですか？

太宰　……。

半沢　では、またヒント。さっき二番目に出たのは「丁寧な言い方」でしたね。「です」と置き換えられる、丁寧でない言い方というと…？

太宰　「だ」っ。

半沢　ものすごく断定的な答え方ですね。そのとおり、「だ」です。

では、ついでですから、その他にも、置き換えられることばを出してみてください。誰か、いませんか？　と聞いても無駄でしょうから、また指名します。江上さん？

江上　「です」と置き換えられることばっすかあ？　「ます」とか？

半沢　え、えーっ、「ます」？　「私は江上です」が「私は江上ます」に置き換えられると…。

江上　すいません、勘違いしてました。

半沢　まあ、「です」と「ます」はどちらも、丁寧な言い方という点で、共通してはいますから、まったく関係ないわけではないのです。この点は、またあとで触れます。で、答えは？

江上　「である」とか…。

半沢　はい、正解です。他にも「であります」や「でございます」なんていうのもあります。ただ、これらは学校文法では、一つの助動詞として認められていません。形式的に、いくつかの部分に分けられています。

丁寧語「です」

半沢　「です」と「である」と「だ」は、断定という働きは同じですが、丁寧さという点で差があって、「です」は丁寧体、「である」は普通体、「だ」はぞんざい体と呼ばれています。「ぞんざい」って、意味、分かりますよね？

　ところで、「丁寧」って、どういうことだと思いますか？　と、急に聞かれても困りますよね。みんな、今すぐ、辞書で調べてみてください。…見つかりましたか？　では、福田さん、読んでください。

福田　「相手の立場（気持）を考えて、真心のこもった応対をする様子」とあります。

半沢　はい、ありがとう。ずいぶん詳しい説明ですね。

福田　あのー、これ、『新明解国語辞典』です。わりかし好きなんです。

半沢　やっぱり。今、たいていは電子辞書を使っていますが、電子辞書の多くは元が同じなので、説明があんまり面白くないんですよね。

　それはおいといて、「相手の立場（気持）を考えて」というのですから、当たり前ですが、聞き手に対して、そういう配慮があることを示すのが「です」です。ということは、「です」という助動詞は、断定と丁寧という二つの「意味」つまり働きを示すことばということになります。

では、丁寧というと、ことばの使い方として何が思い浮かびますか？　後藤さん。

後藤　敬語でしょうか。尊敬語・謙譲語・丁寧語。

半沢　ピンポン！　まさに、聞き手に対する敬意を表すのが丁寧語で、「です」はその典型です。そのもっと丁寧な形が、さっき出てきた「でございます」。反対に「だ」は、親しい間柄でしか使えないことばということです。みんな、答えるときは、そのあたり、よーくわきまえるようにね。とくに太宰さん、いいですか？

太宰　よくわかったでございます（笑）。

半沢　なんだか、違和感ありまくりですが、まあ、いいことにしましょう。

話しことば「です」

半沢　さて、ここまでで、何か質問がありますか？

橋本　あのー、ちょっといいですか？　ふだん話すとき、あんまし「～である」とか言わないような気がするんですけど…。

半沢　おー、とてもいいところに気付いてくれました。たしかに、そうですよね。「吾輩は猫である」みたいな言い方したら、みんな、ひきますよね。阿部さん、なにか、この件に関係ありそうなこと、調べた中にありませんでしたか？

阿部　プリントにも載せておきましたけど、明治時代の言文一致運動のことでしょうか？デアル体とかダ体とか…。

半沢　そうです。これも話せば長くなるんですが、サクッと言うと、言文一致運動というのは、書きことばを話しことばに近づけ、文章を新しくしようという運動でした。その中でもとくに問題にされたのが、文末表現なのです。「〜なり」とか「〜そうろう」とかはやめて、新しい文末表現として試されたのが「〜である」とか「〜だ」とかでした。

　えっ、それが質問とどう関係するんだって顔してますね。実は、その中で文章の文末表現として最終的に広く採用されることになったのが「である」だったということなのですよ。そして、そのように定着してゆくとともに、「である」は文章用のことばとみなされるようになり、話しことばとしては特別な場合以外には使われなくなった、というわけです。「である」を普通体というのも、相手と面と向かってやりとりしない文章だからこそなのです。

橋本　分かりましたか、橋本さん？

橋本　はあ、なんとなく。てゆーか、「である」は文章用のことばということですが、最近の本では「です」を使ってるものが、すごく多いんですけど…。

半沢　今度は、そう来ましたか。たしかに、ベストセラーになった新書なんか、どれもそうですね。それと、子ども向けの文章は「です」を使っていますよね。あれは、いったいなぜでしょうか？　たしか、童話を書いていると言っていた井上さん、どうですか？

井上　そういう決まりだと思って、とくに意識したことはないんですが…。でも、子どもにとっては、優しい感じがして、親しみが持てるんじゃないですか？

半沢　「である」ではなく「です」だと、なぜ「優しさ」や「親しみ」が出せるのでしょうねえ？　僕の考えでは、「です」だと、話しことばなので、直接話しかけられたような印象があるということ、そして丁寧語なので、優しく接するという感じがするということが、理由としてあげられます。これは文末表現だけの問題ではなくて、「です」を使うと、他の表現も、「です」に見合った、分かりやすい話しことばになり、文章全体としてそういう感じになるということでもあるんです。

それと、日本語は男女差が明確で、いわゆる女性語というのが存在すると言われます。もはや君たち世代には絶滅あるいは絶滅危惧と言えるかもしれませんが。それはともかく、その女性語の一つとして、この丁寧語を多く用いるということがあります。つまり「です」を使うと、女性的な、つまりは優しい感じに（くどいようですが、今やそれはきわめて認めにくいものです）結び付けられるということがあるのではないでしょうか。

そして、もう一つ、作文を書くとき、小学生の頃はだいたい「です」を使いますね。それが、高校生ぐらいになると、「である」に切り替わります。ところが、最近は大学生になっても、指定しないと、「です」を使って書く人が大勢います、男女にかかわらず。授業のレポートや筆記試験の解答を「です」で書かれると、丁寧とか優しいとかいうよりも、幼稚という印象を強く受けます。中には、字数を増やすためという、良からぬ魂胆の学生もいるようです。いずれにせよ、大人の普通の文章ならば、「である」を基本とすべきですね。

「です」の歴史

半沢　えーと、話が脇道に逸れてしまったようなので、本題の「です」に戻りましょうか。と言っておいて何ですが、「です」というのは全国共通語ですね。これに対応する方言を知りませんか？　関西出身の十条さんは、どう？

十条　京都の「～どす」というのは、当たりますか？

半沢　思いっきり当たります。大阪の「～だす」もそうですよ。

馬場　先生、テレビの時代劇で「～でがんす」とか「～でごわす」とかっていう方言が出てきますが、あれも一緒ですか？

半沢　いきなり質問ですか？　まあ、いいんですけど。丁寧さを表す表現という意味では共通していますが、元の形がどうかとなると、「です」とは異なるようです。
語形の問題がちょうど出てきたので、阿部さん、その点について報告してください。

阿部　いろいろと「です」の歴史について書いたのを調べたんですが、結局はよく分かりませんでした。ただ、主要な説としては、二つになるみたいです。一つは、「にてそうろう（候）」という形から変化したという説、もう一つは、「でございます」が変化したという説です。「でございます」から「です」になるまで、いったいどれだけ変身したのって感じ。ウソみたいな変りようですね。どっちにしても、省略された短い形になったことは確かで、よく使うことばが短くなるのは、今の若者の省略語と同じだと思いました。
で、前の方の説によれば、「です」という形は中世の資料に出てきていて、後の説によれば、近世中期から出てきて、両方はつながらないのだそうです。それに、どっちも、現代のような、一般的に丁寧な言い方ではなくて、使い方とか使う人とかも偏っていたみたいです。

半沢　よく調べて、整理をしてきましたね。僕もいくつか参考文献に当たってみたのですが、阿部さんと同じ程度のことしか言えません。これは言い訳ですが、この授業は現代日本語を対象とするものですから、歴史を知らなければ検討できないというわけではありません。そうは言っても、次の二つのことはおさえておきましょう。（板書）

①　現在の「です」は、明治時代の「です」に発している。

②　現在の「です」は、「でございます」と、丁寧さの度合いによって使い分けられている。

簡単に補足すると、①は、今使っている「です」は明治時代になって、新たに一般的な丁寧語として採用されたものであるということ、②は、変化の前の形と後の形という関係だったとしても、両者が今も共存しているということです。

「です」より丁寧な「でございます」

半沢　さてと、ここまでのところ、理解できましたか？　陳さん、どうですか？　留学生にはちょっと難しいかもしれませんが。

陳　日本語の歴史はあまり勉強したことがないんで…。あのー、今でも「でございます」は普通に使うんでしょうか？

半沢　普通にか、と聞かれると困りますね。日本語ネイティブのはずの？江上さん、どうですか？

江上　「ありがとうございます」とか「おはようございます」とか「おめでとうございます」とか、よく使うんじゃないすか？

陳　ああ、それなら分かります。

半沢　うー、勘違いとまでは言えないけれど、それらは丁寧な挨拶ことばとして、ワンセットで定型化してしまっているので、「です」と置き換えられる用法ではありませんよね。後でまた問題にしますが、「ありがとうです」や「おはようです」とは言わないでしょ？　そういう意味では普通に使う例にはなりませんね。

ふと思い出したんですが、「こんばんは」という夜の挨拶ことばには、丁寧な言い方がありませんよね。「こんにちは」もそうですけど。東北では夜は「おばんです」と挨拶します。「です」が付いていますから、丁寧な言い方ですが、これを普通にすると「おばんだ」…。とは言いませんけどね。

えー、思いっ切り冷え冷えしてきたので、さっきの陳さんの質問に戻りましょう。後藤さんは、社会人経験者として、どうですか？

後藤　営業相手の方とは、仕事用として「でございます」をバンバン使いました。もうそれ以外はありえないぐらいの勢いで。商売関係の人は、年齢や男女に関係なく、普通に使うんじゃないでしょうか。

半沢　いわゆる「大人語」ですよね。仕事に関わらない若い人が使うことは、会話であれ、文章であれ、まずないでしょうし、使えば非常に不自然・不釣り合いな感じがするでしょう。

たとえば、小学生が「〜でございます」なんて言ってたら、気味悪いですよね（笑）。まあ、特別高貴な家柄の子なら別かもしれませんが。

「です」が圧縮された「す」

江上　ちょっといいっすか？

半沢　あんまりよくないけど、どうぞ。

江上　ファミレスでバイトしてるんだけど、「ご注文のほう、これでよろしかったでしょうか？」って言うことになってて、その言い方がおかしいっていうのは、どうなんすか？

半沢　どうって聞かれてもねえ…。それは「です」自体の問題ではなく、「ほう」や「よろしかった」の使い方の問題でしょう。

それよりも、今の後藤さん、じゃなかった江上さんの言い方で、みんな、何か気付きませんでしたか？　「いいっす」とか「どうなんす」とか、です。さっき「です」の語形の変化を取り上げましたが、「っす」や「す」は、もう「です」よりもさらに進んだ、究極の省略形ですよね。体育会系の男子がよく使っているようですが、そのうちに「です」はこの形に変わってしまっているかもしれません。

あれっ、福田さん、また辞書を見ていますが、何か気になることでも…？

福田　いえ、どうでもよいことなのですが、『新明解国語辞典』には、たぶんその「す」が出ています。

半沢　ええっ！　ちょっと読んでみてください。

福田　はい。「〔東京方言〕「です」の圧縮表現。「ねぇん－よ・行ってもいい－か・悪い－」」。

半沢　なるほど、東京方言としてですか。貴重な情報、ありがとう。ただねえ、ここまで圧縮されてしまうと、助動詞というよりも助詞と見たほうが適切とも言えそうですね。

陳　先生、質問したいのですが…。

半沢　どうぞ。

陳　日本語教育の授業で、日本語の助詞には何種類かあると教えられました。その助詞は何助詞になるのですか？

半沢　おう、やっと大学の国語学の授業らしくなってきたなあ。助詞は助動詞とともに、日本語の肝とも言えるものです。陳さんは、どういう助詞があると教わりましたか？

陳　えーと、格助詞、副助詞、接続助詞…。

半沢　まだありますね。他には？　日本人、がんばってくださいよ。

太宰　係助詞！

半沢　元気がいいのは結構ですが、それも古語だってば！　文中や文末に使われる助詞は何と言いますか？　井上さん？

井上　終助詞？

半沢　そう。文末に使われる「す」は終助詞ということになります。

で、もう一つ間投助詞というのがあるのですが、「です」がそういう使われ方をすることがあります。話の途中に挟む「えー」とか「あのー」とか、遊びことば（フィラー）と呼ばれることばと同じなのですが、どんなものか分かりますか？　いきなりの馬場さん。

馬場　先生、その言い方、やめてください。チョー、ムカつきます。

半沢　失礼。では、普通に馬場さん、答えてください。

馬場　先生と違くて、とっても丁寧な話し方をする先生がいるんですけど、授業中に、「まあ、この問題はです、なかなか難しくってですね、うまく説明できないんですけれどですね…」って感じで話すんですが、この「です」とか「ですね」ですかあ？

半沢　そうです。その「です」は無くても一向にかまわないものですよね。話す調子を整えるためのことばです。そういうのを間投助詞の用法と言うのです。これは全体の話す調子と関係していて、「だ」にもあります。「俺はだ、だいたいだ、こういうのがだ、気にいらんのだ」みたいにね。

「です」は名詞にしか付かない？

半沢 では、そろそろ「です」の三番目のポイント、「名詞に接続」というのを考えてみましょう。名詞が何かはもう分かっていることにして、「です」は名詞以外には付かないのでしょうか？　十条さん、どうですか？

十条 すぐには思い付かないんですが…。

半沢 まあ、そうですよね。具体的に質問しましょう。動詞には付きますか？「行く」とか「食べる」とか。

十条 「行くです」とか「食べるです」とかは、言わないと思います。そういうときは、「行きます」や「食べます」のように、「ます」を使うと思います。

半沢 当たり前に使い分けていることですよね。そのとおりです。丁寧な言い方にしようとするとき、動詞の場合には「ます」、名詞の場合には「です」を付けます。

橋本 あのー、「です」は動詞には付かないってことなんですけど…。

半沢 何か不服でも？

橋本 不服というか、私、テレビでよく天気予報を見るじゃないですかあ？

半沢 知らないいっつーの。

橋本 で、思い出したんだけど、「明日は晴れるでしょう」とか「暑くなるでしょう」とか、普通に使ってますよ。

半沢　ほほー、珍しく、いい指摘ですね。驚きました。たしかに「晴れる」や「なる」は動詞ですからね。でも、何かが違いませんか？　さっきの続きで、十条さん、どうですか？

十条　あのー、やっぱり「晴れるです」とか「なるです」とかは言わないと思います。

半沢　そう、そう。ということは、同じことばでも、活用形によって接続のしかたが違うということですよね。阿部さんのプリントの④に書いてあるように、未然形の「でしょ」は動詞にも付くけど、連用形の「でし」や終止形・連体形の「です」は動詞には付かない、ということになるわけです。

橋本　同じことばなのに、そういうのってありですかあ？　なんかいい加減な感じがするんですけど。

半沢　その気持、分からなくもありません。だから、学説によっては、「でしょ」を未然形としないで、「でしょう」で一つにしてしまって、「です」とは別の助動詞とみなすこともあるんです。

橋本　へー、そうなんだあ。

「うれしいです」はまちがい？

半沢　では次にいきましょう。「です」は形容詞には付きますか？　井上さん？

井上　童話を書くとき、「小さいです」とか「うれしいです」とか「きれいです」とか、無意識に表現してますよ。なので、形容詞にも付くんじゃないですか？

半沢　そうかあ。じゃあ、みんなにも聞いてみましょう。「小さいです」とか「うれしいです」とかいう言い方が自然だと思う人、手をあげてみてください。

ふーむ、一〇人中六人が自然と思うわけですね。微妙な数だなあ。では、残りの四人に聞いてみますか。後藤さんは？

後藤　若い人がそう言うのはよく耳にしますが、年のせいか、私自身はなんとなく抵抗を感じます。

半沢　なるほどね。福田さんは？

福田　さっきの動詞と同じで、「小さいでしょう」や「うれしいでしょう」ならば自然ですが、「小さいです」や「うれしいです」だと、ちょっと変だと思います。

半沢　それは言えますね。江上さんは？

江上　私、あんまり丁寧な言い方しないんで、よく分かりません。

半沢　とほほ、困りましたね。最後に、陳さんはどのように習ったのですか？

陳　自分では使わないのですが、「ございます」を付けると習ったような気がします。

半沢　そうですね。さっき「ございます」のところで、「おはようございます」や「ありがとうございます」という挨拶ことばが出てきましたが、それぞれ元は形容詞の「はやい」の連用形の「はやく」や「ありがたい」の連用形の「ありがたく」に「ございます」が付いてできたものなのです。だから丁寧にしようとしたら、「小さい」なら「小そうございます」、「うれしい」なら「うれしゅうございます」となるわけですよ。で、このときには「で」は入らず、「ございます」だけが付きます。

全員　シーン。

半沢　ノーリアクションかあ。まあ…

井上　あのー、ちょっと、いいですか？

半沢　いいですよ。あれっ、今の言い方、「いい」という形容詞に「です」が付いてしまってるなあ。どういうことだろう…。まあ、いいとして、何ですか？

井上　どうして「うれしくございます」ではなく「うれしゅうございます」になっちゃうんですか？

半沢　ははあ、そういうこと。音便って覚えていますか？　太宰さん？

太宰　古典で勉強した、促音便とか撥音便とかいうやつですか？

半沢　そう。この場合はウ音便。「く」が、もっと発音が楽になるように、「う」に変化したものです。だから、「うれしい」の場合は、「うれしく」が「うれしう」になり、その「しう」がさらに「しゅう」という発音になったのです。

まあ、どのみち、こういう言い方は、君たちは一生かかっても使うことはないでしょうね。いくら丁寧と言っても、これじゃ大げさすぎると思うのはもっともなことです。それで、もっと簡略な言い方として、「です」が代用されるようになったわけです。戦後に文部省から出された「これからの敬語」でも、その言い方を勧めていました。それから半世紀以上経った今でもまだ、違和感を持つ人はいるんですね。自然と感じる人はもうその言い方に慣れてしまってるということです。

さっきの橋本さんの発言、覚えていますか？「私、テレビでよく天気予報を見るじゃないですかあ？」での。最後が「～ないですかあ」になってますよね。形容詞の「ない」に「です」＋「か」。これも今や許容度が高くなっているようですが、オジさんが若いコにこう言われると、なんか気に入らないと感じるのは、この結び付けのせいもあるかもしれません。でも、気付いてみれば、「いいです」というのは、オジさんでも平気になっているのでした…。

形容動詞という問題

半沢　ところで、さっき井上さんがあげた例の中に、形容詞ではないことばが含まれていました。と言っても、覚えていないでしょうね。最後に出た「きれいです」。「きれい」が形容詞だとすると、活用してみてください。「きれくない」なんて言いますか？　なんて、なにげに言ってそうで、怖いのですが…。では、品詞はなんでしょう？　馬場さん？

馬場　名詞？

半沢　当たらずといえども遠からず、というところかな。阿部さん、どうですか？

阿部　形容動詞じゃないですか。普通は「きれいだ」の形で、その丁寧形が「きれいです」。この二つを同一の語とみなすか別々とするかで問題になっているみたいです。

半沢　すばらしい！　以前の授業で形容動詞を取り上げた時も、この品詞自体を認めるべきかどうか議論があることを紹介しましたよね。日本語教育の世界では、普通の形容詞を「イ形容詞」、形容動詞を「ナ形容詞」と言って、ともに形容詞としています。

　で、よく問題になるのが、形容動詞なのか「名詞＋だ」なのかの区別。中学の頃、受験対策で、区別のしかたを教わりませんでしたか？　後藤さん、覚えていませんか？

後藤　なにせ大昔のことで…。たしか、「とても」を付けられるのが形容動詞だったような…。

半沢　そうでしたね。それともう一つ、直前に連体修飾語を付けられるのが「名詞＋だ」のほうでした。みんな、思い出しましたか？

受験対策としては、そこまでで済むのですが、日本語の研究としては、このような区別が何によるものかまで考えてみたいところです。なんでもいいですから、思い付いたことを言ってみてください。続けて馬場さん？

馬場　あのー、「いきなり」とか「普通に」とか「続けて」とか、いちいち枕詞を付けるのは、やめてほしいんですけど…。で、まだ何も思い付いてません。

半沢　いつまで待てばいいのですかあーって、チャゲ&飛鳥かっ。すいません、古いネタでした。ではでは、穏当なところで、福田さん。

福田　今、形容詞の勉強をした時のノートを見てたら、形容詞は物事の性質や感情のあり方や程度を表すと書いてありました。形容詞と形容動詞が似てるなら、そういうことばには程度を表す「とても」が付くのではないでしょうか。

半沢　板書しなくても、要点をノートしてあるとは、見上げた心掛けです。大学の授業ノートはそうでなくてはなりません。みんなも、ぜひぜひ見習ってください。えっ、何が要点か分からないって？　僕が繰り返し力んで話したことに決まってるじゃないですか。

と、なんでしたっけ。そうそう、区別の理由でしたね。そのとおりです。名詞は物事の実体そのものについて表し、形容詞や形容動詞はその実体の性質・状態を表す。このことから、名詞には連体修飾語が付き、形容動詞には「とても」のような程度副詞が付く、というわけです。

橋本 あのー、また質問なんですが、同じことばが名詞になったり形容動詞になったりすることもあるんじゃなかったでしたっけ？

半沢 そういう細かいことはよく覚えてるねえ、フントにモー。たしかに、たとえば「健康」とか「幸福」とかそうだったよね。これらは名詞と形容詞の両方の性質を持っているものです。

「です」は打ち消せない

半沢 また、「です」から話が逸れてしまったではないですか。まあ、急ぐ旅ではないし、ことばについて、あれこれと考えてみるのが大事ですから、それはそれでいいのですが…。でも、担当者は気が気じゃないでしょうから、もう少し接続について考えてみましょう。「です」と「ます」、それぞれを打ち消す表現はどうなりますか？　例として、「私は学生です」と「私は学びます」を打ち消してみてください。江上さん？

江上 「私は学生でない」と「私は学ばない」。

半沢 また、やってしまいましたね。打ち消しはされていますが、丁寧表現ではなくなってしまってますがな。

江上 あ、そうか。えーと、「私は学生でありません」と「私は学びません」？

半沢 はい、正解です。というか、ここで間違っていたのでは、日本人を廃業しなければならないところでした。

で、違いに気付きましたか？「ます」のほうは「ませ」という未然形に「ん」（古くは「ぬ」）という打ち消しのことばが付くのに対して、「です」のほうはそのままでは打ち消しの形にできず、「であります」を打ち消した形でしか表せないのです。つまり「「ます」は打ち消せるけど、「です」は打ち消せない」。ちょっとカッコいいフレーズでしょ。これはつまり、「です」という助動詞がいかに不自由かということです。なぜそうなのかについては、さっき少し触れた、このことばの成り立ちが関わっていると考えられます。

橋本 お話の途中で恐縮ですが、一つ質問してもいいですか？

半沢 せっかくいいところなのに…、「恐縮」と言われたら、認めないわけにはいかないでしょう。どうぞ。

橋本 「とんでもありません」とか「とんでもございません」とかいう言い方は間違いだって聞いたんですが、そうなんですか？

半沢　今度は、打ち消しつながりで来ましたか。実はもうこの言い方は一般化しているということで、文化庁も認めてしまっています。だから、間違いかどうか気にする必要はないのです。

ただ、どうしても気になるというなら、簡単に、ごく簡単に説明します。この元の形は「とんでもない」ですよね。これは、これ一つで形容詞なのです。それを丁寧に言おうと思ったら、さっき形容詞接続のところで確認したように、「とんでものうございます」か「とんでもないことです」、または簡略版の「とんでもないです」となります。「とんでもありません」というのは、1語のはずの「とんでもない」を「とんでも」と「ない」に分けてしまい、その「ない」を丁寧な形の「ありません」に置き換えたものなのです。考えてみてください。「あぶない」を丁寧にしようとして、「あぶありません」って言いますか？　言わないでしょ。それと同じ間違いということです。分かってもらえましたよね。

「の」の働き

半沢　ふー。では、「です」と「ます」について、もう一つ。「です」は最初に説明したように、断定＋丁寧という二つの意味を表しますが、「ます」は丁寧の意味しか表しません。このことは、助動詞の一覧表を見れば分かることです。どうですか、後藤さん？

後藤　はい、えーと、「です」は「だ」と一緒に「断定」の欄に、「ます」は「丁寧」の欄に入っています。

半沢　ということです。「です」は断定であり、かつ「だ」に対しては丁寧ということになります。いっぽう、「ます」と、丁寧さという点で対立する助動詞はありません。たとえば「行きます」に対しては「行く」という動詞だけの表現になります。

これに関連することをもう一つ。「です」は動詞そのままには付かないのですが、あることばをはさむと、付くことができます。さて、どんなことばでしょうか。さっきの「私は学ぶ」を例として考えてみてください。では、井上さん。

井上　「私は学ぶのです」のように、「の」を入れるとつながります。

半沢　そうですね。でも、なぜ「の」を入れるとつながるのでしょう？　「の」という助詞の、どの働きなのか、確かめてみてください。福田さん、辞書にはどうありますか？

福田　用言の連体形に付いて全体を体言化する、準体助詞の働きということでしょうか。

半沢　大変結構です。用言は動詞や形容詞などのことで、体言は名詞を含みます。ということは、動詞に「の」を付けると、名詞と同じ資格になるので、「です」が付くことになります。

それでは、ここで問題です。「私は学びます」と「私は学ぶのです」では、ともに丁寧な表現ではありますが、どこか違う感じがしませんか？　さて、どのように違うか、今度は答えてくださいよ、馬場さん。

馬場　そういうのって、苦手なんですよねえ。頭痛くなってきそう。

半沢　ここで引き下がるわけにはいきません。隣の阿部さんと相談してみてもいいですよ。阿部さん、知恵を貸してあげてください。

馬場　…フムフム、そっかあ。先生、分かっちゃいました。「私は学びます」はそのままだけど、「私は学ぶのです」だと、なんか理由を説明してるみたいです。

半沢　そういうこと。だから、同じ丁寧な言い方であっても、「私は学びます」＝「私は学ぶのです」にはならないってことです。

阿部　先生、そう言えば、下調べしている時に、たまたま「のだ」という表現について書いた論文があるのを知ったんですが、「のだ」で一つの語なんですか？

半沢　学校文法では認めていませんが、「のだ」という形で、特定の文法的な働きがあることが明らかになっています。もちろん、「のです」にもあてはまります。だから、天才バカボンのパパじゃありませんが、「それでいいのだ」。

「です」の活用

半沢　そろそろ最後の活用形のことを取り上げましょうか。阿部さん、この点について、なにか付け加えることがありますか？

阿部　とくにありませんが、未然形については、さっき先生が説明されたように、「でしょう」で別の助動詞とする考えがあります。それから、連用形の「でし」は後に「て」か「た」しか付かなくて、そのままでは使えません。それから、連体形を認めないものもあります。認めていても、後に来るのは「ので」とか「のに」とか、接続助詞だけです。

半沢　はい、ありがとう。終止形については、とくに問題ありませんね。文末で用いられて、そのうち終助詞化するんじゃないかということでした。未然形については、打ち消しと推量がそれぞれに続く形が入りますが、「です」には打ち消しがありませんでした。

今、ふっと気付いたのですが、「ありませんでした」という言い方はごく普通ですよね。「ます」に「です」が付いています。丁寧に丁寧を重ねた言い方になりますが、やりすぎという感じはしませんか、後藤さん？

後藤　全然感じませんでした。その形のままで使うのが普通で、とくに意識したこともありません。

半沢　そうなんですよね。丁寧でない形に戻すと、「なかった」になります。これを丁寧にすると、「なかったです」や「ないでした」を別にすれば、「ない」を「ありません」として、それにそのまま「た」は付かないので、「でした」を使うほかないということになるわけです。ずいぶん回りくどいですよね。

十条　先生、京都だと、「あらへんどす」みたいな言い方ありますけど…。

半沢　ああ、そのほうがスッキリしていますね。方言のほうがやはり自然な感じです。

橋本　先生、先生、だったら、打ち消しとか、過去とかにしないで、「です」と「ます」を重ねることはできますか？

半沢　どうだろう？「良い品がありますです」とか「さようでございますです」とか、やたらへりくだった物言いをする人はいるかもしれないね。でも、こうなると、「です」はもう終助詞と言えます。

そうそう、この間、あるえらい先生にお願いの手紙を書いたとき、前文に「その後、お変わりありませんでしたでしょうか」って書いちゃったんだよね。「ます」に「です」を二つも付けてる。さすがに書き直そうかとも思ったんだけれど、省きにくくて結局そのままにしました。打ち消しであれ、過去であれ、推量であれ、それを丁寧な形にいちいち置き換えるのは、案外難しいということです。だから、将来の敬語は、文末だけに「です」なり「ます」なりを使えばいいということになるかもしれませんねえ。

「です」は修飾も仮定も命令もしない

半沢　さて、活用形の話の続き。連体形を認めているのは、「ので」や「のに」の「の」が助詞の「の」に由来するので、その前の活用語は連体形ということで筋を通そうということからであって、それ以上の意味はなさそうです。そもそも、名詞を修飾しない連体形なんて、なんかおかしいですよね。実は、「だ」も連体形に「な」を認める場合とそうでない場合があって、認める場合は「です」と同じく「の」を伴う接続助詞だけに接続します。連体形が「な」となるのは、形容動詞のほうでした。

接続詞で順接を表すことばに、「だから」があります。これを丁寧にした「ですから」というのもあります。これらに対して、最近、よく耳にしたり目にしたりするようになったのが、「なので」です。みんなも使っていませんか。この「な」が「だ」の連体形とみなされるものなのです。「だから」ではなく「なので」に変わってきつつあるのは、語感の違いでしょうか。「だから」はいささか強い言い方の感じがしますね。

「だって、女ですもの」や「かわいそうですこと」のように、詠嘆を帯びた表現で、「です」が「もの」や「こと」という名詞に付くことがあります。しかし、これらは文末の終助詞ということで、「です」は連体形ではなく終止形とされます。

「です」には仮定形も命令形もありません。では、ためしに仮定や命令を表したいときは、どう表現すればよいのでしょうか？　また、さっきの「私は学生です」を例としてみましょう。太宰さん、どうなりますか？

太宰　仮定だと、「もし私が学生でしたら」かなあ？

半沢　オーケー。この場合、連用形の「でし」に接続助詞の「たら」(元は助動詞「た」の未然形）が付きます。命令のほうは？

太宰　「学生でしたれ」？？

半沢　それはないでしょうよ。というか、やはり無理でしたね。「学生であれ」は成り立ちます。これを丁寧にしたら「学生でありませ」。でも、これも普通には使えませんね。「ます」には命令形として「ませ」があることになっていますが、「いらっしゃいませ」のような挨拶ことばか、「お気を付けくださいませ」や「よろしくお伝えくださいませ」のような、おもに女性による用法に限られてしまっています。

こう見てくると、「です」は未然形と連用形と終止形の三つの形による用法から成り立っていると言えます。しかも、未然形では「でしょう」のみ、連用形では「でした」と「でして」のみ、そして終止形の「です」という、合わせて四つの表現形式しか持たないことになります。これらを大胆にまとめれば、「です」の表現形式は、断定という判断がいつの時点のことがらに対してなのか、つまり未来か過去か現在かということにのみ対応するということとではないでしょうか。えー、こんなことは誰も言っていませんから、ウソっぱちかもしれませんよ、ハ、ハ、ハ。

全員　シーン。

まとめと課題

半沢　メゲずに、行くぞー！　と思ったけど、そろそろ残りの時間が少なくなってきたので、今日の授業をふりかえって、一人ずつ発言してもらいましょう。まずは、十条さんから。

十条　共通語と方言の違いに、とても興味が引かれました。「です」が「どす」や「だす」と同じだなんて、どうしてこんなふうに土地によって発音が変ったのでしょうか。

それから、「です」を圧縮した「す」が元は東京方言ということにビックリしました。あの、これも方言なのかもしれませんけど、「うまいっしょ」とか「やっぱ、わさびっしょ」とかの「しょ」。元の形はたぶん「でしょう」ですよね。先生も使っていましたが、「〜でしょ」も同じなのかなあと思いました。

半沢　方言ですか。東西方言の対立の例としては、東日本では「だ」なのが、西日本では「じゃ」とか「や」になるというのがよく出されますが、「です」については、どうでしょうか。全国の方言辞典や方言地図を調べてみると、面白いことが分かるかもしれませんよ。「しょ」は北海道方言にありますね。方言ブームのせいか、若い人が割と使っているような気がします。「でしょ」はこれ単独でも、会話で使われます。「でしょう」に比べると軽い感じで、相手の同意や確認を求めるときに出てきますね。では、次に井上さん。

井上　形容詞には「です」が付かないというのは、ちょっとショックでした。自分では、正しい日本語のつもりでいたので。これからどう書けばいいのか、悩んでしまいそうです。

半沢　ことばの使い方の規範は時とともに変っていきますから、何年先になるか分かりませんが、「小さいです」という言い方も普通になる時が来るかもしれません。先週、問題にしたラ抜きことばだって、今や話す時は多くの人が使っていて、いちいち目くじらを立てる人もいなくなってしまいましたよね。「です」についても、すでに「でしょう」ならば不自然ではなくなっているのですから。では、橋本さん。

橋本　今日もまた、いろいろ質問して、豆知識が増えました。友達や家族に教えてあげようと思います。で、最後の質問なんですが、先生は今日も何回か「そうです」って言ってましたよね。この「そう」って名詞なんですか？

半沢　たしかに言いましたっ。やな質問ですねえ、来週までの宿題、としたいところだけど、今答えられる範囲で答えておきましょう。

「そう」を辞書で調べると、最初に副詞と出てきますね。「そう来たか」という時の「そう」です。で、二番目に感動詞というのも出てくるはずです。そうですね、福田さん？

福田　はい、『新明解』には「①相手の言った事に対する驚きや半信半疑の気持を表わす。②相手の言葉をごく軽い気持ちで肯定したり、問い返したり、何かを思いついたりした時に出す語」と書いてあります。

半沢　いつもありがとう。②の「出す語」というのはどうかな？　どちらかと言えば、「出る語」のほうが感動詞にはふさわしい感じがしますけど。それはともかく、僕が授業中に使う「そうです」の「そう」は、この会話の応答に使う感動詞なわけです。で、「そう」だけでも、「そうだ」と言っても、「そうです」としても、同じです。違うのは丁寧さだけです。そうなのですよ、僕はみんなに丁寧に接しているのです。

橋本　先生、答えが見えてこないんですが…。

半沢　これからだってば。というわけで、考えられる解釈は二つです。どのみち、この言い方自体には何の不自然さもないのですから、今日の説明とどのように結び付けるかだけが問題になります。

一つは、こういう場合の「です」は終助詞化しているという考え。こうとれば、前に来ることばが何であってもかまわなくなります。もう一つは、「そう」という感動詞を名詞扱いにしているという考え。ちょっと分かりにくいかもしれませんが、たとえば、「「そう」は感動詞である」と言う場合、「そう」自体では主語になれないのですが、名詞扱いにして主語としているのです。そのことを、書くときはカギ括弧を付けて示します。

橋本 今いち納得できませんが、しかたないので、自分でも考えておいてあげましょう。

半沢 なんだか上から目線だねえ。まあ、いいとして、では後藤さん。

後藤 敬語については、前々から気になっていたので、今日はとても参考になりました。「です」の使い方が結構不自由だなんて、言われなければ気付きませんでしたが、たしかにその通りですよね。

「です」と「ます」の使い分けも、改めて確認できましたが、両方の言い方ができるとき、たとえば「ありません」と「ないです」を比べると、「ないです」と言う人が増えてきているような気がします。

半沢 「ない」を丁寧にする時、まるごと「ありません」に置き換えるのと、「です」を付け加えるのと、どっちが楽かと言えば、後のほうですよね。福田さんは何かありますか？

福田 とくにありません。今日も『新明解』が役に立って、嬉しかったです。

半沢 ああ、そうですか。で、今の「嬉しかったです」という言い方、「嬉しいです」よりも許容度が高いよね。このように、間に「た」を入れるかどうかとか、「嬉しかったですね」のように最後に「ね」を付けるかどうかでも、違いもあるんです。次に、江上さん。

江上　今日はというか、今日もというか、眠かったっす。午後は、頭が働きません。

半沢　そう言われてもねえ。バイト疲れじゃないのー？　勉強の時間に集中できないんじゃ、本末転倒だよ。切り替えないと…。では切り替えて、太宰さんは？

太宰　古典文法で、断定の助動詞というと、「なり」と「たり」ですが、これらはもう消えてなくなったのですか？

半沢　まだ、こだわってますねえ。コロ助くん以外、歌詞のような特殊な表現でない限り、どちらも今はすたれてしまいました。ただ痕跡として、「なり」は「だ」の連体形ともされる「な」に残っています。

ついでに、古語の丁寧語というと、「はべり」とか「そうろう」。これらも今は影も形もありませんよね。さて、陳さん、今日はどうでしたか？

陳　とても勉強になりました。日本語には、普通の言い方と丁寧な言い方の二つがあって、覚えるのが大変です。どっちを使えばいいのか分からなくなったり、「です」や「ます」を使いすぎたりすることがあります。

半沢　そうでしょうね。なぜ、こんなに面倒なのかについては、日本の文化や社会のあり方と関連付けて説明する本がいろいろとあります。最近は、敬語を含む待遇表現全体に関してポライトネス（politeness）という見方から、日本語だけでなく言語一般について論じるものもあります。すぐに実際に役立つわけではありませんが、なんでもいいですから、その関係の本を読んでみると、日本語の理解が深まると思いますよ。もちろん日本人にとっても、大事なことです。みんな、聞いてる？　じゃあ、馬場さん。

馬場　あのー、最初のほうで、橋本さんの質問に先生が答えたことが、まだ気になっているんですけど…。

半沢　なんだったでしょう？

馬場　文章の文末は「である」が基本ということです。自分が書いたり読んだりする時、全然、考えたことがないんですが、本当にそうなんですか？

半沢　疑り深いですねえ。でも、分からなくもありません。日本語の文は、述語のあり方から、動詞文と形容詞文と名詞文の三つに分けられるのですが、「である」を使うかどうかが問題になるのは、もっぱら名詞文であって、そもそも必ずすべての文末に使われるというわけではないんです。その名詞文で、「である」と「だ」と「です」のどれが主流かということです。このうち、「です」が基調だと、動詞文にも「ます」が使われるのが一般的ですから、すぐ気付きますよね。それに対して、「だ」と「である」では、全体としてどっちのスタイルか判断しにくくなります。

実は、終止形の「だ」と「である」だと、文章でも会話でも、「だ」を使うと、とてもぶっきらぼうな感じがしますよね。ところが、「だろう」とか「だった」とかになると、その感じが薄れます。それに対して、「である」を「であろう」とか「であった」とかにすると、なんだか回りくどい感じになってしまいます。

新聞には論説文というのがありますが、これはデアル体の文章のお手本みたいに考えられてきました。それが実は、「である」よりも「だ」のほうが多いという調査結果が出たんです。ただし、その理由は、「である」と「だ」という終止形ではなくて、「であろう」や「であった」よりも「だろう」や「だった」のほうが多く使われているということでした。

というわけで、「文章の文末は「である」が基本」というのは、文末の終止形に関してというのが、正しい言い方になります。

それはそうと、このごろ、論文などを読んでいると、なぜか女性の書き手に、この文末終止形に「だ」を使う人が多くなったような気がするんですが、気のせいでしょうかねえ。

では最後に、今日の担当者の阿部さん、まとめがてら、コメントしてください。

阿部 調べてみたら、「だ」については沢山、参考文献があったのですが、「です」についてはあんまりなくて、苦労しました。

今日の授業で、「です」にもいろいろ問題があるということが分かりました。その中で、さっき先生が宿題にしたことに関係するんですが、「です」は原則として名詞にしか付かないというのが、なんとなくひっかかってます。文法の辞書やテキストを見ても、そんなふうにしか書いていないんですけど、たとえば「もうすぐです」とか「あと少しです」とか、よく使うと思うんですよね。「すぐ」とか「少し」とかって、副詞じゃないですか。そういうのも、先生のさっきの理屈で説明が付くんでしょうか。

それから、「だ」に関する論文をちょっとだけ見てたら、「ボクはウナギだ」っていうのが出てきたんですよー。なんですか、この文は？　その説明は難しくて、読むのをパスしてしまったんだけど、「です」にもあてはまるんでしょうか？

あと、「です」なんて、使うときはなにも考えたことないんですが、文法的に改めて考えようとすると、簡単には済まないということが、よーく分かりました。でも、結構楽しかったりして…。久しぶりに「頭、使ったぞい」って感じです。

半沢　はい、御苦労さまでした。大学生なんだから、しょっちゅう頭を使っててほしいものです。この授業でめざすのは、毎回言っていますが、「文法頭」です。大事なのは、ともかく自分や相手の言い方を意識すること。それをいちいち口にすると、小言オバさんみたいで、うるさがられますけどね。その説明ができるようになったら、もう立派な文法頭ですよ。

さてと、阿部さんが今も気になっている、「です」は名詞にしか付かないというのが本当かどうか。それでは、この次の時間まで、名詞以外の例を探すなり考えるなりしてきてください。みんなに発表してもらいますから。

全員 エーッ、ムリ、ダメ、イヤーッ、ズルイー！

半沢 一切無視、だもんねー。やれと言ったら、やるんだ、ラッシー！（意味不明）

それと、「ボクはウナギだ」という文ですが、かつてこれをめぐっての激しい文法論争がありました。「だ」がどうこうというよりも、日本語の文の構造をどのようにとらえればよいかという問題でした。ポイントだけ言うと、この文は、ボクをウナギにたとえているとか、ウナギが自己紹介しているとかというケースを別にすると、場面によって、いろんな意味になりうるのはなぜか、ということでした。たとえば、食堂での注文の場面とか、魚釣りの場面とか、学芸会で役を決める場面とか、地震予知の手段に何を使うか話し合う場面とか…（笑）、いろいろ想定されますよね。

これに対して、「だ」に関わる説として、代用説というのがありました。それぞれ「が食べたい・を釣った・を演じる・を使う」などの、場面に対応する表現を、「だ」が代用しているという考えです。もちろん、「だ」ではなく「です」を使っても、同じことが言えます。もしももしも、こういうことに興味があるなら、奥津敬一郎という人の『「ボクハウナギダ」の文法』（くろしお出版）という、そのまんまのタイトルの本がありますから、図書館ででものぞいてみてください。

来週は、助動詞シリーズ第4弾の「た」です。「た」と言えば「過去」と思い込んでいる人もいるでしょうが、とんでもない間違いです。えーと、担当は江上さんでしたね。この「江上さんでしたね」の「た」は、何を表しているでしょう？　このことも含め、しっかり調べてきてください。

今日は、これで終わりにしまーす。

課外セミナー

［対談］読書と人生

――今こそ日本社会に国文学の力を――

福原義春（ふくはら・よしはる）

一九三一年東京都生まれ。一九五三年資生堂入社、八七年代表取締役社長、九七年取締役会長、二〇〇一年より名誉会長。資生堂のグローバル展開の礎を築く一方、企業の芸術文化支援を積極的に推進。経済界屈指の読書家として知られ、文部科学省参与、企業メセナ協議会会長、東京都写真美術館館長、文字・活字文化推進機構会長ほか公職多数。著書に『ぼくの複線人生』（岩波書店）、『だから人は本を読む』（東洋経済新報社）、『好きなことを楽しく　いやなことに学ぶ―福原義春流・自分育て、人育て』（かまくら春秋社）などがある。

上野　誠（うえの・まこと）

奈良大学文学部教授。本書編著者。『万葉集』などの古代文学を、文学研究の立場からだけでなく、考古学や歴史学、民俗学など広い領域の学問の手法を取り入れながら考察する「万葉文化論」を主張する。二〇〇九年に、『魂の古代学―問いつづける折口信夫』（新潮社刊）により、福原氏が選考委員を務める角川財団学芸賞を受賞。古典文学を体感するためのウォーキングセミナーなどを積極的におこなっており、平城京遷都一三〇〇年記念の二〇一〇年には、地元奈良の歴史と文化の案内人として奔走した。

激しく変化する時代と「読書」

上野　今日は、読書と人生というテーマで、国文学を切り口にお話をうかがいたいと思います。よろしくお願いいたします。

福原　遠いところからおいでいただきありがとうございます。私は国文科卒でもないので、お役に立つお話ができるかどうか。

上野　いえいえ、お聞きしたいことがたくさんあるんですよ。早速ですが、お仕事の話からうかがってまいります。資生堂に入社された時に、社長から「自転車は役にたつけど、英語は役にたたない」と言われた、ということですが。ほんとですか？

福原　ええ。昭和二八年頃、自動車なんていうものに乗れるのは特別な人だけでして、販売のための店舗訪問には自転車を使いました。また、日本で仕事をしていると英語の使い道もありませんでしたね。

上野　しかし、その後、大きな変化が起こりますね。

福原　ニューヨークに現地法人を作って、そこがうまくいかなくなった時に、私が社長になりました。その頃のアメリカは車社会だったので、自転車で訪店することもありませんし、アメリカ人と仕事をするわけですからもちろん英語を使います。まったく状況が変わりました。入社後一〇年での変化です。

上野　時代というものは、変化する時は疾風怒濤のごとくに変化するものなのですね。その一〇年の間に、グローバル化という大きな転換があったわけですね。非常に激しい変化を、身をもって経験された。予測もできないような大きな変化だったと思います。

福原　そうですね。しかし、時代の転換や流行は三〇年くらいのスパンで起こるものだそうです。たとえば、私が館長をしている東京都写真美術館で、今3Dを特集した展示をやっていますが、3Dって一七〇年前からもうあったんですよ。

上野　そんなに古いんですか？　不可逆的な技術革新と三〇年サイクルの流行と、両方の側面があるのですね。

福原　そうなんです。3Dは写真の技術と同時にすでに発明されていたのだそうです。遡ってみると、この3Dのブームがだいたい三〇年に一度起きている。二〇一〇年に『アバター』という3D映画が話題になり、3Dがブームになりましたね。前のブームが三〇年前で、この『アバター』がだいたい三〇年に一度というタイミングに当たっているといわれます。歴史を顧みれば予測できることだった、ともいえるわけです。

上野　なるほど。福原さんは、変化の大きい時代の先端で経営というお仕事をされてきたわけですが、その一方で、読書の大切さを主張していらっしゃいますね。放送と映像、そしてバーチャルな時代に、「読書」とは古風に聞こえますが…。

福原　そうですね。忙しく変化の激しい時代に仕事をしてきましたが、不思議なもので、忙しい時ほど本を読みたくなるものなのですね。そして、仕事を離れて本を読むことによって、気持がうまく切り替えられたり、まったく異なる分野から新しい考え方を取り入れて仕事に生かすことができたり、ずいぶん助けられてきました。そんな経験もありまして、文字・活字文化推進機構の会長としてかつがれ、二〇一〇年の国民読書年にはさまざまな読書の推進活動をいたしましたが、国民読書年推進会議の委員で小学館社長の相賀さんが「見えないものを見る力」ということをおっしゃっていて、読書の効用はまさにこれだと思います。本は、過去の事柄を私たちに示してくれますから、先ほどの3Dの例のようにパターンを読み取って先を予測することもできます。

見えないものを見る力を身につける

上野　なるほど、読書の本領は「見えないものを見ることにあり」ですか。たとえば、本を読んだ後に、それまで気づかなかったことに気づいたり、曖昧だった認識が確かなものになったり、物の見方ががらりと変わったりするというようなことを指すのでしょうか。

福原　そうです。読んで知識を得ることによって、それまで頭の中に埋もれていたものが突然目の前に浮き出てくるという体験が、しばしばありますね。

上野　私は絵画や写真を見るのが大好きなのですが、藤田嗣治やマン・レイの作品のモデルになったキキという女性がいますね。当時、その界隈の芸術家たちと華やかに浮き名を流した女性です。

福原　モンパルナスのキキ。確か本になっていましたね。

上野　はい。本でキキのことを読んでから絵画や写真を見ると、本を読んでつくりだした自分のイメージの中のキキと作品が重なって、ほんとうに楽しいんです。芸術作品の鑑賞のしかたとして邪道かもしれませんが、作品の中に何人か女の人がいると、どれがキキだろう？などと想像してわくわくしました。こういうことは本を読むからこそ味わえる悦楽だと思います。

福原　旅行などもそうですね。シチリアのカターニャに行った帰りにアグリジェントの神殿に寄りましたが、ゲーテの『イタリア紀行』を読んで前から行ってみたかった所だったので、ひじょうに感慨深かったです。古い遺跡なんてどれも同じようなものばかりだ、と飽きてしまう人もたくさんいますが、私はゲーテの人生や思想に影響を与えたその旅のことを考えたりして、アグリジェントの空気を味わうことができました。読書がただの古い遺跡をそうでないものにしてくれるということがあります。

上野 一つの事柄を何倍も豊かにしてくれるのが、本の力だと言えますね。ページをめくることで、見えないものを見る力を身につける、きわめて能動的な行為だといえるのではないでしょうか。

福原 そのとおりだと思います。

ネットと読書、知の連鎖

上野 さて、本は情報源として長い間利用されてきましたが、最近は新しい情報収集の手段として、インターネットがあります。ネットの普及に対して、活字離れが危惧されています。ネットでの調べ物は手軽でスピードがありますが、軽く速く手に入るのは断片的な知識です。知識は単独では弱いものではないでしょうか。さまざまな知識がつながって体系化されることで、役に立ちまた心を豊かにしてくれると思うのですが。

福原 そうですね。先ほどの旅行のアグリジェントだって、コンピューターをネットにつないで入力すれば、天気や気温がわかるし、写真もいくらでも見つかります。それで興味を持って、本を読んでさらに深く知ったり、実際に行ってみたりといった経験が伴ってくれば、ネットというものはたいへん有効な道具だといえると思います。うまく組み合わせて利用することですね。

『チャリング・クロス街84番地』という本があります。これは往復書簡の形式をとった小説で、ロンドンの古書店の店員と作家志望の若いアメリカ人女性へレーン・ハンフが、本と手紙を通して心を通わせる、という内容です。すばらしい小説ですよ。このチャリング・クロス街というのは、ロンドンにあった古書店街です。神田の神保町みたいな所でしょうね。ちなみに、チャリング・クロス街に84という番地はなくて、架空の住所。訪ねて行っても行き当たらない。シャーロック・ホームズのベーカー街221Bと同じです。それはともかく、この本の中で、へレーンが親切に希望の本を探してくれる書店の店員にお礼の印に食糧を送るという話がでてきます。ロンドンは、第二次大戦中、たいへんな食糧難だったんですね。同じ戦勝国のアメリカとは生活レベルがずいぶん違ったようです。ヘレーンが求めている本というのは、ヨーロッパの古典です。でも、彼女はギリシャ語やラテン語は読めないので、英語に訳されたそれらの古典を探します。そういったものを読みながら、生活のためにテレビの台本を書いていているんです。これはなかなかすごいことでしょう。かつて高坂正堯先生が

「文化の大衆化は低俗化につながり、やがて文明を滅ぼす」と警告したことがありましたが、第二次大戦後生まれたアメリカのテレビには、ヨーロッパの古典を、海外の古書店で探してまで読むような知識人が関わっていたんです。また、それ以前にアメリカでは、世界恐慌の対策の一つとして芸術文化支援政策をとりましたが、その取り組みに、全体主義化するヨーロッパから逃れた教養人が加わっています。つまり、戦後大きく華開いたアメリカ映画や演劇などの文化芸術産業を、実はヨーロッパの古典が支えていたということになります。とりとめない話のように聞こえたかもしれませんが、一冊の小説から多くの情報を得て、そこからさらに知識の連鎖が生まれるということと、娯楽であっても、教養を身につけた人が関わることで、地盤の強いものができるということの例としてお話ししました。テレビもネットも、そうあってほしいと思います。

上野　日本では「一億総白痴化」などということも言われて、テレビが文明を滅ぼすのではないかと危惧する人もいましたが、テレビの番組をつくるのも本、脚本なわけですから、それを書くのには、やはりしっかりとした読書をしておくことが必要ですね。

福原　そうですね。ネットはきっかけやヒントとしては便利なものです。さらにそこから得た情報に厚みをもたせるためにはやはり本を読むことだと思います。そして、大切なのは、そこに人生経験が加わるということ。そこで初めて知識が身になるのではないでしょうか。

上野　やはり、本というものにアクセスしないと何も生まれないと思います。

知識がもたらす楽しみ

上野　今日は、奈良から福原さんにちょっとおみやげをお持ちしたんです。まず、こちらは春日大社の「お下がり」ですね。ご奉仕した人に、お祭りでお供えしていたものをお下がりとして配ってくれます。藁の中にはお餅を干したものが入っています。このお下がりは、神社つまりお宮からもらってきて、家においておけば家を守ってくれる、神聖なものを入れている器だと考えられてきました。古語で器は「笥《け》」と言います。『万葉集』の「家にあれば笥に盛る飯を草枕旅にしあれば椎の葉に盛る」（家にいれば器に盛るご飯だけれども、罪に問われて捕らえられて行く旅の途中なので、椎の葉に盛るのだよ）という有名な有間皇子の歌にも出てくる「笥」です。お宮からいただいてきた笥→宮の笥→みやけ→みやげ。これが「みやげ」の語源だというふうにも考えることができるんです。

福原　なるほどね。みやけ→みやげ。

上野　そんなわけで、それは中を食べることもできるのですが、神棚にでもお上げください。でも、同じおみやげでも、こんな蘊蓄があると値打ちが上がりますよね。自画自賛となりますが。

福原　神棚に上げさせていただくことにします。ありがとうございます。

上野　もう一つありまして。こちらは薬師寺からいただいてきたものです。同じように仏様にお供えしていたものをいただいてきたのですが、これは造花ですね。資生堂の福原さんですので、椿を選んできました。染料は薬草だそうですよ。

福原　薬草で、こんな色になりますか。なるほど、美しいものですね

上野　仏壇にはお供え物が上がります。壇に供えられたものなので、こういうお供えを壇供《だんく》といいまして、お花もあれば食べ物もあります。壇供もお下がりと同じように、ご奉仕した人に分けてもらえます。そういう時に、お腹のすいた人は花よりは食べ物がいいなあというので、「花より壇供」と言ったのが「花より団子」の語源だという説もあります。そんなことを知ってお寺にお参りしたり、旅行をしたり、美術館に行ったりすると、知らないで行くよりずっと楽しめます。やっぱり、読書をすると見えないものが見えるようになるんですね。

福原　そうですね。「昼の星は見えない」という言葉があって、

私はこの言葉がずっと気になっていたんですが、アリゾナのナバホ・インディアンの自治区に行って泊まった夜、本当に満天の星というのを見ました。これがみんな落っこちてきたらどうしようと思うくらいのたくさんの星でした。丹波の篠山でも降りそそぐような見事な星空を見ました。そして、こんなにたくさんの星が、昼間は見えないだけで、常に空にあるのだなと感じたのですが、その時、世の中には、昼の星と同じように実はたくさんの真実や美しいものがあるのに、自分には見えていないのではないかと思いました。昼の星のように、見えないけれどもそこにあるものを見られるようになるには、やはり知識を身につける、つまり読書をすることだと思うのです。

未来を知るための古典

上野　見えないものが見えるようになる、ということを実感した例ですが、少し前に、研究で天平五年（七三三）の政情を調べていまして、中国・朝鮮半島・日本の関係は、今とほとんど変わらないと気づきました。この三者の歴史は近くなったり、離れたりの繰り返しです。最近も中国・朝鮮半島・日本の関係は不安定になっていますが、歴史の延長に現代を置いてみると、これもそのリズムというか繰り返しの一部に見えてきます。そういう大きな流れの中に置いて考えると、現在の問題への対処も見えてきて、今は爆発させないような外交が必要な時なのだと思います。

福原　そうですね。吉田茂の『回想十年』でも「戦争で負けて外交で勝った」という言葉がありましたが、そのような大局的、長期的な視野を持った外交というのは本当に重要だと思います。

上野　最近は、政治にしても経済にしても、短期間の知識のストックで判断されることがとても多いような気がします。

福原　ほんとうにそうですね。しかし、大きな物事に取り組む時には、やはり大きな視野で状況を見ることが必要です。私たちの会社が中国に進出したときのことですが、私たちは当時の中国にとっては「招かれざる」とは言わないまでも歓迎はできない客でした。化粧品のような軽工業の企業には、泊まるところもホテルは用意されず、部屋に鍵もないような少数民族のためのゲストハウスを案内されましてね。そのようなところで私たちは「何かお手伝いすることはありませんか?」と交渉を始めたんです。交渉中、デパートに行くと解放軍の兵士が帰郷のおみやげを求めて群がって化粧品を買っている光景が見られました。それはビニール袋に入ったクリームでしたが、今から見るときわめて質素なものでした。化粧品だけのことではなく、生活レベルそのものが、香港やシンガポールなど、他国の中国民族とは大きく違っていました。これでは人々はいずれ満足できなくなるだろう、と思いました。交渉の窓口であった担当官吏もその現状をわかっていました。そこで「私たちはあなた方が日本と同程度になるまではお手伝いさせていただく。ただし、私たちは株式会社で株主に配当する責務があるので、私たちに損をさせないでくれ」と言い、中国との契約を成立させました。その後、鄧小平の改革開放路線が一気に進むことは想定していませんでしたが、そのようなタイミングにも恵まれて、私たちの事業は大きく成長しました。そして、中国全体の経済成長もめざましいものでした。この事業を通して実感したのは、ビジネスでは、目先の損得のことばかりで物事を運んではうまくいかない、まず信頼を得ないといけないということでした。相手を理解し、歩み寄ろうとしていることを信じてもらう必要があるのです。特に歴史ある中国での交渉は古典思想の知識がその信頼を得るためにとても有効でした。私は人並み以上に中国文化を知っていると尊敬されていたのかもしれません。古典を学ぶことによって、過去を知るだけではなく、過去からつながる現在を理解することができます。つまり、長期的な知識のストックによる理解です。これはインターネットでさっと身につくという類のものではありません。読書によって深めることのできたものでした。その理解が信頼を得ることにつながったのではないかと思います。

サービスは想像することから始まる

上野　情報を集めることや知識を身につけることも大切ですが、現実の社会では想像力というのも重要ですね。

福原　そうですね。大切だと思います。以前、年間十五回近く海外出張に出る時期がありました。その都度同じ航空会社を使っていましたが、時々地上勤務の日の客室乗務員が、お得意さんをまわってサービスへの満足度調査のようなことをしていました。何か不満はないかと言われるけど、特にないから毎回乗るわけでね（笑）。でも何かないか、と言われて考えて、思いついたことがありました。フランスでの仕事ではほとんど毎日、三食を人と会って摂らなければなりません。そのたびフルコース。胃腸が疲れて、全身も疲れてくる。だから、帰国の飛行機ではもう食べたくもないし、ただ休みたいのです。でも、食事の時間になると乗務員は回ってきます。食事はいらないというと、少ししてまたやって来て、デザートなら食べられますか？　お酒はいかがですか？　と言います。彼女たちは、お客さんに何もサービスしないと後で困ったことになるんでしょうね。実際、乗客の中には、いらないと言っておいて、あとで不満を言う人もいるようですから。でも私は、ほんとうにお水だけで良かったんです。誰にでも同じように提供することを前提としているのが、現在のサービスの限界なのです。でも、真のプロなら相手の顔を見て何を必要としているのか、判断できなくてはいけないのです。それは、サービスを超えた高度なホスピタリティというべきものです。その判断に必要なのが、観察力と想像力です。

上野　心理学の河合隼雄先生もサービスについてこんなことをおっしゃっていました。老人ホームでよく入所者が一緒に童謡を歌ったり、むすんでひらいて、をしたりしている。でも、人によってはそういうことが好きではない人もいるし、日によって、歌いたい日もあれば思いに沈みたい日もあるはず。それをいつでもみんな一緒に歌いましょうというのは、はたしてサービスといえるだろうか？　また、たとえば、もう自分では歩くことができないけれど、富士山に登りたいと思っている人がいるとする。そんな人には、無理ですよと言うのではなく、富士山について何か思い入れがあるなら話を聞いてあげたり、富士山の写真を見せてあげたり、車ででも富士山に登れる方法を考えてあげたりしたら、たとえ自分で登ることはできなくても、その人はとても安心するだろう。それが理想のサービスではないかと思う、とおっしゃいました。

福原　マニュアル通りに同じことをするのではなく、臨機応変に相手の立場に立って想像することが大切ですね。価値観が多様化した現代では特にこの想像力が必要でしょう。けれど、想像だって当てずっぽうでは難しい。想像の基礎となるのが豊富な知識です。

上野　そうですね。そして、知識というものには、自分の行動やできごとを整理し反省させる役割もありますね。

さまざまな価値観から物を見る

上野　先生はアメリカでのお仕事でたいへんなご苦労をされましたが、それは幸せでもあったとおっしゃっています。常に幸と不幸は二人連れだと。その言葉がとても印象的で、私はずっと心にとめているのですが。

福原　そうですか。ありがとうございます。あの頃、たしかにいろいろ苦労はありましたが、そうやってアメリカにいながら日本という国を見ることができたのは、今から考えるととても良いことだったと思うのです、日本にいたら見えなかったであろうものを見ることができましたし、それはひじょうに貴重な経験でした。一見不幸や苦労と思われるものも、見方や考え方次第で幸せにできることがあると思うのです。

上野　ほんとうにそうだと思います。セバスチャン・サルガドのアフリカの写真を見た時に、そのことを実感しました。難民の子どもたちを写した写真なのですが、そこには不幸のかけらもありませんでした。内戦や疫病、貧困など、厳しい生活環境は、私たちの価値観からすると不幸ですが、そこに写されている子どもの顔は幸せそうで輝いていました。きっと彼らには彼らの環境の中での幸せがあるのだな、と。そして、サルガドは、彼らをかわいそうだと思って撮影しているのではないんですよね。

福原　おっしゃるとおりです。同情しているわけではありませんよね。

上野　人にはそれぞれ幸福があって、サルガドはそのそれぞれの幸せの姿を写しているのだと思います。自分の価値観だけで人を哀れむのではなく、人それぞれの価値観を想像して尊重することをこうした写真からも教えられます。そして、そんな感動の後、ロラン・バルトの写真論を読んだんです（『明るい部屋―写真についての覚書―』花輪光訳、みすず書房、一九八五年）。バルトは写真を撮られる時、そこには四人の人間がいると言っています。そうであると思っている自分と、人からそうであると思われたい自分と、写真家がそうであると思っているその人と、写真家がその技量を示すために利用するその人。

福原　自分というのは、自分で把握している自分だけでなく、他者が見ている、もしかしたら自分には見えていないような自分もいるという考え方ですね。他者から見た自分というのを想像してみると、重要なことに気付いたりするかもしれない。

上野　バルトのこの言葉を読んで、サルガドの写真を見た時の感動を思い出し、なるほどなと思いました。あの写真では、撮る側が撮られる側の価値観に歩み寄るといいますか、寄り添ったのだと思ったんです。

福原　なるほど。問題意識を持って本を読んでいくと偶然何かにいきあたることがありますね。頭の中にストックしていた知識が現実と重なる瞬間というものがある。そしてそうなると、ある程度、自在にものごとに対応できる、ということもあります。薬師寺で修学旅行の生徒相手に法話をして有名になった高田好胤さんなどもそうだったと思いますが、たくさんの知識をストックとして持っているから、何千人という、勉強の出来不出来も生まれ育った環境も異なる生徒たちに会うたび、それぞれにふさわしい話ができたのでしょう。

上野　読書はストック型の文化だと思います。そのストックをいかに使っていくかが今の社会の課題ではないでしょうか。成熟した世界では、何が必要とされているかを考えるための知識というものが必要になってくると思うのです。

福原　そのとおりだと思います。先ほどもサービスとホスピタリティの違いを話しましたが、同じですね。相手にふさわしいもてなしをし、喜んでいただくためには、たくさんの価値観の存在を認識している必要がある。たとえば、「雲折々人をやすむる月見哉」という句があります。雲が時々月を隠して人を休めてくれるなあ、という意味ですね。

上野　芭蕉ですね。良い句ですよね。

福原　ええ。月見だからといって、ずっと空が晴れっぱなしで月ばかり見ていたら、疲れてしまう。雲が時々月を隠してくれるから、月を見ている人もその間は月から目を離して、まあ何か食べたり呑んだりね。そういう機微のようなものを読んだ句です。きわめて日本らしい心のありようを詠んだ句だと思います。

上野　『徒然草』にも似た箇所がありましたね。「花はさかりに、月はくまなきをのみ、見る物かは」。花は満開の時ばかりが良いだろうか？　月は陰りなく輝いているのだけが良いだろうか？　と、言っていますよね。

福原　兼好法師も、月がいつも輝いていなくても良い、と言っているわけですよね。時には雲に隠れたりするのも良いと。花も同じで、満開の桜ももちろん良い、でも咲ききらないで蕾が混じっていたりするのも、また花が咲く前のそわそわとした花待ちの気分というのも、良いものです。やはり、日本人にはそういった複眼的といいますか、さまざまな価値観から物を見るという力が、古くからあるわけですよね。正反対の物事にも価値を見いだすという力がある。近年、そういった一辺倒でないやり方というのが、ますます必要とされる社会になっていると思います。そういえば、先日、上野先生が以前受賞された角川学芸賞の授賞式に行ってきたんですが、その時の乾杯の挨拶で九州大学の中野三敏先生が、NHKの大河ドラマの『龍馬伝』をはじめ、維新の志士といえば、日本に夜明けをもたらしたという紋切り型の解釈をされているが、明治維新は夜明けなんかじゃなかった、江戸時代ほど文化的に豊饒な時代はなかった、明治はある意味暗黒の時代で、日本はどんどんその暗黒に向かっていったのだ、というようなことをおっしゃっていました。

上野　そうですね。歴史教育のあり方の問題ともいえると思いますが、明治維新は必ずしも「夜明け」と言えない側面がありますね。一方、江戸時代の日本は、世界的に見ても文化レベルが高かった。江戸時代に出版された本の冊数というのは、同じ時代の欧米と比べると桁違いに多いですし、これは識字率がひじょうに高かったということでもあります。浮世絵のような芸術も粋をきわめて、その影響を受けた世界的な画家がたくさんいます。ゴッホ、モネ、枚挙に暇がありません。江戸時代の日本の文化というのは、諸外国と比べてもほんとうにぬきんでていましたね。しかし、明治維新以降は、欧米に肩を並べることに必死になって、独自の文化は衰退していってしまった。

福原　近代化によって失ったものも決して少なくありません。新しくなったからといって、それが進化とはかぎらないということの良い例といえますね。

上野　中野先生の「夜明けではない」という発言も、知識というストックがあってこそのものですね。本を読むことによって物の見方を転換して、多面的なものの考え方、自主的な思考が可能になります。

福原　先ほど話にでたバルトの、同じく写真に関する有名な言葉で「それは・かつて・あった」というのがあります。写真という作品は現在ここにあるものだが、撮られているものは過去のものであるということ、つまり過去にあったと現在認められる事実である、という二重性を表現した言葉ですが、古典や歴史はこれと似たところがありますね。過去に起きたことはもう変わりはしませんが、それをどのように考えるかということは、まさに現代の問題、テーマです。古典も歴史も、常に新しい問題を提起してくる題材なのです。

活字離れと活字への飢え

上野 読書の力というのはほんとうに大きいものだと思いますが、一方でもうずいぶん、活字離れ、読書離れということが心配されています。

福原 そうですね。実際のところはどうなんでしょうか。

上野 小学校では朝読、つまり「朝の読書」運動が七〇%近く普及しているようです。

福原 その効果というようなものは、教員というお仕事から何か実感されますか？

上野 この五年ほど、大学の授業で文章を書かせると、学生の文章のレベルは少し上がったように思います。小学校から朝読をしていた子どもたちが中・高を通じて同じ取り組みを行って、入学して来ているタイミングなんですね。国文科に入学してくる学生の文章力という点から判断すると、効果は上がっていると思います。

福原　そうですか。以前、先ほどもお話に出ました小学館の相賀社長が、「読むだけで理解の及ばなかった読書というのは意味がない」ということをおっしゃっていましたが、私は必ずしもそうではないように思いました。とにかく本を読むという時間をもつこと、内容がじゅうぶんにわからなくても良いから読書の習慣をつけるということにも、大きな意味があると思ったのです。人は本を読む時には考えるという行為をします。これが大切です。

上野　本を読んだり、文章を自然に書いたりするということは、反省する時間、何かを省みる時間をもつことだとも言えますね。お坊さんが坐禅をするのと同じような。そういう習慣を若い人たちが身につけてくれていることは嬉しいことです。一方、新聞を読む人が減っているという問題もあります。

福原　これは憂慮すべきことですね。なんでもネットですませてしまう。最近すべてファストフード化しているように思います。自分で料理をするよりも、出来合いのものですませてしまおう、というように、情報収集も物の考え方も、手っ取り早い既成品で当座をしのごうとする。私はこれをとても危惧していて、国民が劣化してしまうのではないかと思います。

上野　今、私は大学の通信制学部の授業も担当していますが、通信制の生徒は大きくいって二種類に分けられます。一つは若い頃大学に行けず、定年後に余裕ができて奈良で『古事記』を読みたいと集まった人たち。もう一つは高校までにイジメなどにあい、その後の集団生活に馴染めなかった人たち。私はその人たちと『古事記』を読むんです。三日間で古事記を序から神話のところまで講読します。ふつう一年かけて読むところを、三日間で集中して読んでしまうのですが、この三日間のこれらの人々の勉強に対するエネルギーはすごいものがあります。教壇に立つとそのエネルギーがまともにぶつかってきて、読書や学ぶことを渇望している人はまだいるのだ、と感じます。そして、それだけの人たちに国文科の教師としてどう応えていこうか、ということも考えます。この経験は私の研究者として、教育に携わる者としての考え方にもずいぶん大きく影響したと思います。また、通信制のスクーリングを通学部の私のゼミの学生にお手伝いをしてもらうのですが、彼らも通信の学生の授業に対する態度から影響を受けているようです。つまり、学ぶ熱意、読みたいという熱意が伝わっているんですね。良い効果が出ていると思いますね。

福原　そういうお話をうかがうと、嬉しくなりますね。

知識の本歌取り

上野　日本には古来、本歌取りという伝統があります。既存の歌の一部をうまく取り入れて、表現をより深いものにするわけですが、日本人にはこのようなやり方はよく合っているのではないでしょうか。

福原　そうですね。芸術は個性の発露であるという側面ももちろんありますが、それだけでは、ただ一人の力だけで、たった一つの芸術をつくり上げるだけです。本歌取りというのは伝統というもの、一種の集団と考えても良いかもしれませんが、そこに属しておいて、そこから自分なりのものを加えて表現していくという、ひじょうに日本人らしい表現のしかただと思います。伝統芸能などもそうかもしれませんね。そういう古典にアクセスすることで、今の現象をまた新たに見ることができる。古典、その中に書かれた思想や歴史を現代にどう活かすかを考えなくてはいけません。

上野　本を読むという行為は、この本歌取りのようなものにも思えます。

福原　そうですね。古典を読むということは、あまり好きな言い方ではないのですが、日本人のＤＮＡを思い起こさせることだと思います。人生は有限なので、過去に書かれた古典を読み、そこから学ぶことはとても必要なことだと思います。そして、日本は千年以上前の『万葉集』でも『源氏物語』でも日本語で読めるのです。その素晴らしさ！

上野　古典の言葉を翻訳せずに味わうことができるのは、まさに日本人の特権ですよね。ヨーロッパの古典ならラテン語になってしまいますから。日本人は書き言葉を鍛錬してきました。近代口語文になってからまだ一〇〇年少し、古典文はそれとは比較にならないほどの年月をかけて鍛錬されていますす。ひじょうにリズミカルであり、なじみやすい、すぐれた言葉です。実はこの間文語調でオペラの台本を書いたのですが、私はオペラなんて全くの素人なのに、歌った人が現代の口語よりも歌いやすいと言っていました。文語はメロディにのりやすいようですね。『ロミオとジュリエット』の坪内逍遙訳も、あの有名な冒頭部分、まるで歌舞伎の口上のようです。今でも諳んじることができます。

福原　そう、リズミカルですからね。『方丈記』なんかも内容的には厭世的ともとれるような部分もありますが、文体はリズミカルで、読みやすいしなじみやすいですよね。明治時代の文語文まではリズミカルです。

上野　こうした私たちの財産である国文学も、平安時代は宮廷の秀才たち、江戸時代は国学者達によって継承されてきました。その後も国文研究は一五〇年の試行錯誤があったわけですが、そうして引き継がれてきたものを、次の代に継承できるかどうか、それは今を生きている私たちの責任だと思います。

福原　そうですね。そのためにはとにかく読むこと、そして考えることが大切でしょう。孟子の言葉に「ことごとく書を信ずれば、則《すなわ》ち書なきに如《し》かず」という言葉もありますが、読んでそれをただ受け売りにしただけでは、本を読んだことにはなりません。読んだことを自分なりによく考えて、はじめて本を読むことに意味があるといえるのです。そして、またジッドの「書を捨てよ、町へ出よう」という言葉、これはよく誤解されますが、本を読むな、ということではありません。本を読んで、そして町に出よということなのです。知識を得た上で経験を積む。読んで考えて経験すること。それが人生を豊かにする本の力だと思いますね。

上野 多くの人にこのことを実感していただきたいと思います。

国文科への進学をためらっている若い読者へ

編集部 最後に、インターネット上のサイトに見られる、高校生からの相談について、両先生からメッセージをいただけたらと思います。相談は、「本が好きで国文学に興味があるけれど、就職のことなどを考えて、もっと実用的な学部学科に進学した方がよいのでしょうか?」というものです。よろしくお願いします。

福原 なるほど誰でもそういう考えを持つかもしれませんね。でもそれが唯一の正解というわけではないと思いますよ。そもそも人間は「人の間」と呼ばれるくらいですから、人と人がコミュニケーションとか人間的な力によって、つながったり調和したり、心を合わせて一つのことを成し遂げたりして発展してきたわけです。ですからＩＴ技術を学んだり、マーケティングを学んだりすれば人間社会の役に立つというわけではなく、文学や哲学、歴史学を学ぶことによって人間とは何かという本質を知った上でＩＴの仕事や経営を学ぶ方がいいのかもしれません。大きな上場企業の経営者や大学の学長さんにも文学部や音楽学校などを卒業された人が何人もおられます。ですから大勢の友達が学んでいるからといって、経済学部のような学科を卒業するだけが社会に出て役に立つわけではありません。大きな仕事をする人たちは学生時代に何をしたか、卒業後にどんな生活や経験や勉強をしたかが大事なのです。今の企業では同じようなバックグラウンドで同じような経歴の人が多いので、むしろ特色のある背景や能力の人を求めています。文学部で文学を学んで何になるかと思う人もいるかもしれませんが、正しい文法、豊かな語彙、時には詩的な語り口が人の心を惹きつけることができるのです。米国の大統領は複数のスピーチライターを雇っていると伝えられますが、時にはライターの書いたスピーチではなく、自らのことばでその場で語ることも大切なのです。

また、国文学をはじめとする日本文化の成り立ちと、日本の産業の発展の性格がよく似ているということも知ってほしいですね。日本人は、表音文字である漢字を中国大陸から取り入れ、日本古来の大和言葉の音を漢字にあてはめた万葉仮名をつくりました。さらにそれを平仮名と片仮名に進化させ、ついに表意文字と表音文字のハイブリッドである漢字仮名混じり文という、独自の言語文化を創造したのです。異文化との衝突と融合により、より高いステージに飛躍した日本語の変容こそ、今日に至るまでの日本文化の真髄であり、ひいては国力の源泉でもあると思います。そしてこのような国語を創りあげた日本人の特性は、言語の分野だけではなく、たとえばＩＴ技術の先端においても、有効に働いています。国文学を学ぶということは、一千年以上の歴史をもつ小説や詩や評論をたよりに、日本語と日本人の思想や本質、つまり「日本という方法」を身につけることにほかなりません。多様性が求められる反面、グローバリズムによって均一化される世界の中で国文学を学ぶことは、私たちの中に古代人の魂を呼び起こします。それは、国際人として際立つ個性と強さの獲得にもつながるものと信じています。

上野　福原先生は、歴史こそ国力の源、個人の活力の源とお考えなのですね。そのために、魂を受け継ぐ言葉を学ぶということなのですね。私も同感です。では、私はそのことを具体的に考えてみましょう。言葉を学ぶということの大切さについて。さて、先ほどの質問ですが、これは、たいそう難しい質問ですね。これを関西の若者が友達どうしで話したら「むっちゃ、難しい質問やん」となるでしょうね。これが平安時代の古典に出てきたら「いと難しき問いなンめり」となるでしょうか。それを歌舞伎に登場する石川五右衛門に言わせると「てえそう難しい問いだーなぁー」となりましょうか。これだけのバラエティーがあります。時代や地域によって違い、ニュアンスが違う。つまり、私たちは、常に言葉を学び、言葉を選んで生きている。生きてゆくことは考えることであり、それは言葉で考えるわけです。つまり、私たちはヒトとモノ、そしてオカネと繋がって生きているわけですが、その繋がりを支えるのは言葉なんですよ。だから、言葉は時代によって変化するし、場によって変化する。少し飛躍するけど、だとしたら、言葉は生活世界そのものなんですよね。だから、国文学というのは、日本の言葉を通じて世界と社会を把握してゆく学問だと私は考えています。その意味では、古典文学も現代文学も同じです。つまり、日本語でものを考えて世界や社会を把握するトレーニングをするところが国文学科、日本文学科なんだと思うんですよ。だから、国文学は古い学問ですが、古びることのない学問です。たぶん、大学で国文学を学ぶ意義は、そこにあると思う。自分の使っている言葉で、生活世界や社会を把握できる人材を社会は放っておくはずがありません。それくらいの覚悟で、国文学科に来る人の将来は明るいと思う。

編集部　ありがとうございました。同じような悩みを抱えている読者にぜひ本書を読んでもらいたいと思います。

上野　先生、今日はありがとうございました。

福原　こちらこそ、ありがとうございました。

参考

「肖像写真」は、もろもろの力の対決の場である。そこでは、四つの想像物が、互いに入り乱れ、衝突し、変形し合う。カメラを向けられると、私は同時に四人の人間になる。すなわち、私が自分はそうであると思っている人間、私が人からそうであると思われたい人間、写真家が私はそうであると思っている人間、写真家がその技量を示すために利用する人間、である。言いかえれば、これは奇妙な行動であるが、私は自分自身を模倣してやまないのである。だからこそ、写真を撮らせる（または撮られる）たびに、必ずそれが本当の自分ではないという感じ、ときには騙されたという感じが心をかすめるのだ（それはちょうど、ある種の悪夢が与えるのと同じ感じである）。

（ロラン・バルト『明るい部屋―写真についての覚書―』花輪光訳、みすず書房、一九八五年）

⦿上野　誠（うえの・まこと）
福岡県出身。國學院大學大学院文学研究科博士課程後期単位取得満期退学。奈良大学文学部教授。奈良万葉文化振興財団万葉古代学研究所副所長。著書に『古代日本の文芸空間』（雄山閣出版）などがある。

⦿神野藤昭夫（かんのとう・あきお）
東京都出身。早稲田大学大学院文学研究科博士課程単位取得満期退学。博士（文学）。跡見学園女子大学教授をへて放送大学客員教授。著書に『散逸した物語世界と物語史』（若草書房）『知られざる王朝物語の発見』（笠間書房）などがある。

⦿半沢幹一（はんざわ・かんいち）
岩手県出身。東北大学大学院文学研究科博士課程前期修了。共立女子大学文芸学部教授。表現学会代表理事。著書に『向田邦子の比喩トランプ』（新典社）『あそんで身につく日本語表現力』（偕成社）『日本語表現学を学ぶ人のために』（共編、世界思想社）などがある。

⦿山﨑眞紀子（やまさき・まきこ）
東京都出身。専修大学大学院文学研究科博士後期課程修了。博士（文学）。札幌大学法学部教授。著書に『田村俊子の世界—作品と言説空間の変容』（彩流社）、『村上春樹の本文改稿研究』（若草書房）などがある。

国文科《こくぶんか》へ行《い》こう！―読《よ》む体験入学《たいけんにゅうがく》―

平成23年4月25日　初版発行

編著者 ―――― 上野《うえの》　誠《まこと》

著　者 ―――― 神野藤昭夫《かんのとうあきお》

半沢幹一《はんざわかんいち》

山﨑眞紀子《やまさきまきこ》

発行者 ―――― 株式会社明治書院

代表者　三樹　敏

印刷者 ―――― 精文堂印刷株式会社

代表者　西村正彦

製本者 ―――― 精文堂印刷株式会社

代表者　西村正彦

ブックデザイン ― 美柑和俊＋田中未来（MIKAN-DESIGN）

発行所 ―――― 株式会社明治書院

〒169-0072 東京都新宿区大久保1-1-7

電　話　03-5292-0117

ＦＡＸ　03-5292-6182

振　替　00130-7-4991

ISBN978-4-625-68607-8

Printed in Japan